吟情韵志

【诗词人生】续・吟情韵志

陈金陵 著

U0952463

中国・苏州
古吴轩出版社

图书在版编目（CIP）数据

吟情韵志 / 陈金陵著. — 苏州：古吴轩出版社，2019.6

ISBN 978-7-5546-1379-5

Ⅰ. ①吟… Ⅱ. ①陈… Ⅲ. ①诗集—中国—当代 Ⅳ. ① I227

中国版本图书馆 CIP 数据核字（2019）第 107235 号

责任编辑：俞　都
责任校对：徐小良　吕丽静
装帧设计：鲍　方
责任照排：陆霞梅

书　　名：吟情韵志
著　　者：陈金陵
出版发行：古吴轩出版社
地址：苏州市十梓街458号　邮编：215006
Http：//www.guwuxuancbs.com　E-mail：gwxcbs@126.com
电话：0512-65233679　传真：0512-65220750
出 版 人：钱经纬
印　　刷：无锡市证券印刷有限公司
开　　本：889×1194　1/32
印　　张：9.375
版　　次：2019年 6 月第 1 版　第 1 次印刷
书　　号：ISBN 978-7-5546-1379-5
定　　价：58.00元

如有印装质量问题，请与印刷厂联系。0510—85435777

战士本色　诗人情怀

樊　辉

《诗词人生》出续集了，金陵请我为之作序。我和他 1968 年于南京认识，至今整整五十年。面对这个当年的小战士、后来的老部下、现今的忘年交所取得的又一成果，我非常高兴，欣然提笔。

依稀两年多前，金陵将《诗词人生》赠我。因其特地告知全书三百余首诗词中，近半是在部队期间创作并反映军旅生活的，所以尽管年事已高，但作为有着戎马生涯四十多年的老兵，我还是抽空大致看完了诗集。此番为续集书序，我又饶有兴趣地对样稿做了较为仔细的浏览。

通观两卷诗词集，在惊讶于他优秀的古诗词写作能力的同时，我很欣赏他善于观察生活和勤于动笔的良好习惯，更感慨他几十年不中断诗词写作的持久毅力和对作品唯美境界的不懈追求，尤其对他诗作中透露出的满满的正能量和折射出的他的正直、善良、进取的品格风貌感到由衷欣慰。续集恰如其分地向大家印证了他对《诗词人生》书名所做的阐释：以诗词写人生、记人生；人生当以诗词相伴、贯穿。续集同时也客观反映和展示了他抒发人生、思考人生、激励人生的心路历程。诗词写作对他正确认识人生、努力成就人生起到了十分有益的作用。

诗词写作属于文学创作的范畴。鉴于文化程度、生活阅历、环境条件及自然天赋等各不相同，各个诗人作品多少、质量高低、成就大小自然是不同的。古诗词写作虽有一些明确的格律定式，但没有统一的方法技巧，这也符合古来人们对“文无定法”的辩证认识。对诗词作品的评价，应该也很难有统一的标准，往往是“仁者见仁，智者见智”，不像学生试题有所谓“标准答案”。但“文由人作，情由心生”，通过阅读和赏析一个人的诗作，我们还是可以从中一窥其思想素质、道德情操的高下及文学水准的高低、创意境界的浅深。金陵诗词写作及其作品的鲜明特点，就是战士本色，诗人情怀。

十八岁初中毕业参加中国人民解放军，军旅生涯十八年，使得金陵对自己身份的认定始终是一个军人、一个战士。即便离开军营后，他也坚持认为自己是一个不穿军装的战士。这一点自然也就体现在他诗词写作的全过程中。“站在战士立场，以战士的责任和情感写诗。紧贴战士使命，为战士的风貌和荣誉写诗”，成为他的座右铭。在军营时，写战士、描训练、叙战备、颂传统。离开部队后，继续以战士的角度看事物，以战士的语言讲人生，以战士的姿态谋进取，以战士的情结求建功。诸如“男儿刚强汉，岂能服乱常”——战士是无畏的；“胸有人民轻一死，攻无不克守弥坚”——战士是率真的；“是挟英雄豪迈气，红旗漫卷复河关”——战士是豪迈的；“欣然多难壮行色，百万旌旗兴国邦”——战士是乐观的。又如“拳拳心愿，重圣道，止暴厉”——战士是爱憎分明的；“弯弓未毕身趋老，但奉初心不言愁”——战士是不忘初心的；“立志四方根不忘，天涯万里亦望乡”——战士是有思乡柔情的；“细尝满口香酥品，深谢乡亲情义长”——战士是最感恩人民的。再如“慷慨军中听令状，山头定取报中堂”——战士是从不戏言的；“不息寸心终有用，令来依旧任搬迁”——战士是尽守天职的；“睥睨四顾，相问谁敢撄锋行”——战士是必胜无疑的；“身虽老残心忧国，刻待军机跨紫骝”——战士是永远不老的；等等。战士的博大胸怀，战士的精神风貌，战士的喜怒哀乐，战士的所思所为，一句话，战士天然的内在的本色，一览无遗。但凡有过军营经历的人，每当读到这些诗句时都很容易勾起对火热军营生活的回忆和留恋，从而激起对战士使命的重新认识和担当。战士本色是金陵诗词写作的内在依托，也是其创作心愿的不变寄托。对战士本色的坚守，是金陵诗词创作的魂和根。

至于诗人情怀，个人理解是指诗人应具备的精神特质，包括与众不同的理想、抱负、情操及责任感等方面。古往今来，凡是优秀诗人，都具有高尚情怀。他们既是旧时代的批判者，又是新时代的推动者；既是人民意愿的反映者，也是人民利益的维护者；既是美好事物的传播者，还是优秀文化的传承者。他们的作品往往都有着崇高的境界、丰富的内涵和卓越的艺术魅力，所以历代优秀诗人都被纳入政治家、哲学家、文学家范畴。

如果说战士本色对金陵而言，因其个人实际经历而稍许含有点“天然”意味的话，那么其诗人情怀则完全是通过艰苦而有意识的学习和修养才逐步养成和具备的。他认真学习、效仿历史上著名诗人，在不断加深思想和文学修养过程中，向拥有高尚情怀并将其融入战士本色、注入诗词写作做务实努力。诗人情怀最主要的、核心的内容是什么呢？就是伟大的爱国主义。金陵最喜欢的诗人是屈原、李白，最喜欢的词人是苏轼、辛弃疾。这些名人，无一不是对祖国爱得深沉、爱得执著、爱得酣畅淋漓、爱得义无反顾！特别是屈原，爱国一往情深、震撼古今。金陵在两卷诗词集中，写有十多首读《离骚》及纪念屈原的诗作。景仰、步随诗人先贤，其爱国主义情怀在续集中得到了充分显示和传神流露。如在继承爱国传统上，提出“千古士风天下计”；在抒发报国之志上，表明“匹夫责，热血注初心，恒如一”；在阐明卫国责任上，认定“军人使命，御侮安居。保家卫国，矢志不移”；在热爱祖国大好河山上，感慨“信人神共羡美名馨，不辞徘徊念恋，妙殊一刻今生”；在回顾祖国建设成就上，欣问“观环宇，领百年巨变，谁与锋争”；在保护祖国文明胜迹上，呼吁“但使玉门杨柳盛，不教瑰宝埋沙流”；而在祖国大地发生灾难时，则痛表“急切悲伤心滴泪，忧深哀痛身熬煎”……

诚然，优秀诗人的高尚情怀，同时还表现在许多其他方面。对此，续集中也有不少涉及和体现。如在洁身自好、保持气节方面，有对先烈的敬仰，“为有横刀笑，赢得持节芳”；有对自身的苛求，“清白一生成嗜癖，洁身愿效汨罗殇”。在放眼大势、敬畏人民方面，警己励人，“应知地利输人和，谁获民心谁最强”。在希冀美政、探索改革方面，追远抚今，“百年华夏复兴梦，一统神州改革求”。在坦荡处事、追求真理方面，别开生面，“存疑质奇生机勃，解奇析疑暮气停”。在热爱人民、祈福百姓方面，真挚深沉，“沧桑悲喜延续重，长吟愿作平安诵”。可以说，他是在以畏天敬民的虔诚写诗，以自律自强的正气写诗，以旷达致远的胸怀写诗，以优美浪漫的笔触写诗，以精益求精的态度写诗。总之，是在诗人情怀潜移默化熏陶、影响、鞭策下，他主动所做的艰辛的自我探索和实践，确属难能可贵！

战士本色是金陵诗词写作的魂和根；那么诗人情怀则是金陵诗词写作的力与剑。坚守战士本色，修炼诗人情怀，不仅使得艰难的为诗之旅有着“多写诗”的源源不断的求索动力和持久耐力，而且有着“写好诗”的百折不挠的心灵指引和路径依赖。这也是其勤于古诗词耕耘，颇有佳作，并提供我们以美的享受的原因之所在。《诗词人生》续集，不单单是对已有作品在产生时间上的顺序编排，也不仅仅是新产生作品的简单补充加入，更重要的是对古诗词创作探索和实践的深入，是对革命英雄主义和浪漫主义相结合创作风格的发扬光大，是对军人本色和诗人情怀在诗词创作中的一次用心诠释。

在长期的军旅生涯中，我接触过不少战士的诗作，身边也有许多善于为诗为文的战士提升为军官。这有力证明诗人来自基层，佳作出自实践。金陵 1968 年入伍后曾担任过团宣传队队员，1970 年 4 月至 1971 年 8 月先后担任团政治处青年干事和文化干事。无论于职于好，对诗词的学习、钻研都是自然而然的事，但诗词写作水平的提高，却是他一贯刻苦执着和勤奋好学的结果，是始终将战士本色和诗人情怀有机结合，从而实现了战士和诗人角色统一的结果。从这个意义上，我认为他是一个战士诗人，又是一个诗人战士。

在《诗词人生》续集出版之际，我谨向他表示由衷的祝贺，并期望他有更多更好的作品问世！

戊戌年腊月于无锡

时年九十三岁

（樊粹，1943 年 9 月参加八路军。参加过抗日战争、解放战争和抗美援朝。曾历任中国人民解放军团长、师长、副军长。荣获三级解放勋章。1983 年离休。）

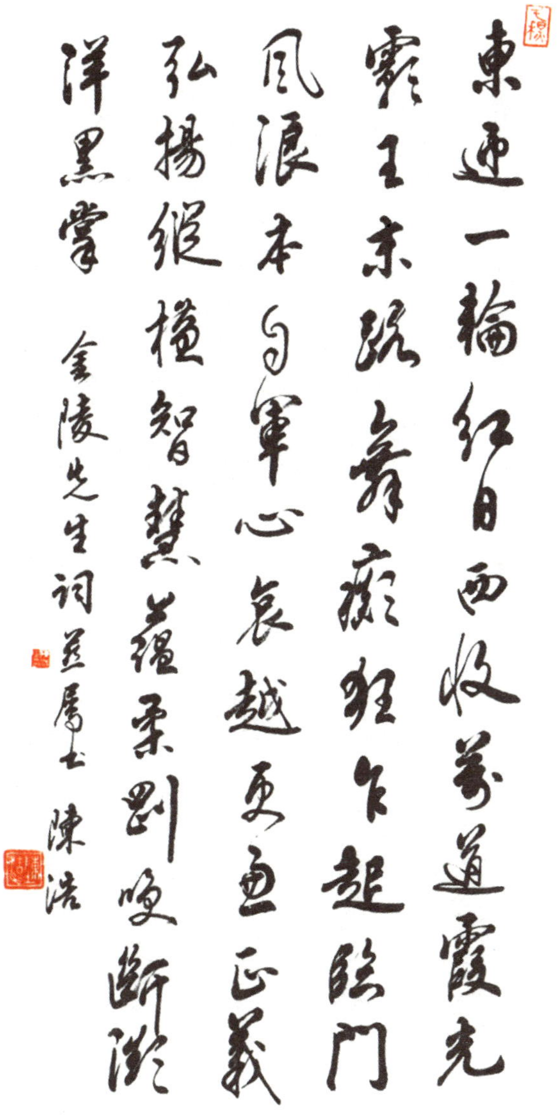

陈浩先生题字。陈浩，中共无锡市委原常委、组织部原部长，苏州市原副市长。

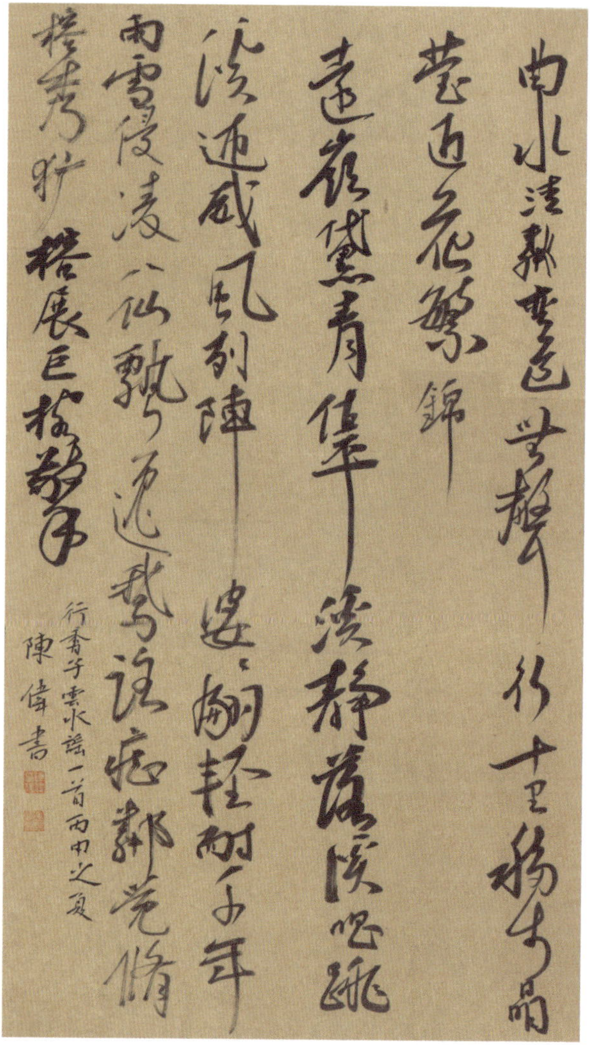

陈伟先生题字。陈伟，中国书法家协会会员，无锡市书法家协会常务理事。

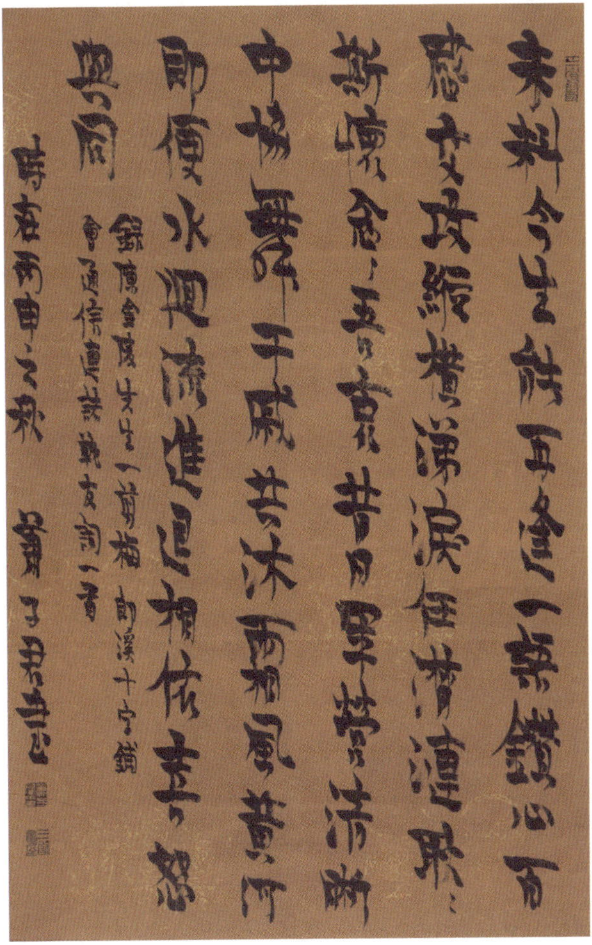

萧子君先生题字。萧子君，中国书法家协会会员，无锡市书法家协会理事。

目　录

自由诗 献给退伍老兵

（1969 年 2 月）

老同志将离开队伍
奔赴四方，
满怀的感情一肚子的话，
憋在心里不知怎么讲。
你们怀抱远大理想，
走进军营
转战边防；
你们奉献青春热血，
刻苦训练
斗志昂扬。
你们是我
军营引路的班长，
人生成长的榜样。
你们用一颗红心，
精湛武艺，
保卫了祖国河山，
保卫了田园家乡。
啊！
经历了战备训练的磨砺，
政治斗争的风浪，
你们是毛主席的忠诚卫兵，
你们是人民的勤务员，
你们是久经锻炼的战士，

你们是一往无前的闯将！
是什么使老同志
如此阳光，
充满力量？
是毛泽东思想的光辉
把他们的心照亮；
是“为人民服务”的信念
使他们勇毅顽强；
是实现共产主义的理想，
使他们永葆青春志如钢！
向老同志学习，
向老同志看齐，
献上一枚金光闪耀的毛主席像章。
立志像你们一样，
沿着伟大领袖指引的革命航向，
一直向前，展翅飞翔！

五律　疟疾

（1969 年夏）

金陵暑火翔，疟疾毒魔张。
淌汗交发冷，思乡欲卧床。
曙光催号角，身影现操场。
男儿刚强汉，岂能服乱常！

注：

盛夏，罹患疟疾。南京俗称“火炉”，时驻草场门电力学校（现南京工程学院），整日通体大汗淋漓。发烧时，不适感难以名状；内寒时，恨不得裹衣捂被。病中思乡思亲，感情脆弱，频萌早日离队之念。然毕竟使命在肩，纪律在先，男儿意志，生性好强，自羞懦弱不振，诚恐贻笑大方，遂振作精神，履行本职，无一疏失。

英雄主义教育感

（1970 年 3 月）

立军忠乃本，
胜仗勇为先。
胸有人民轻一死，
攻无不克守弥坚。

注：

部队开展革命英雄主义传统教育。团、营、连各级领导授课。多位首长强调：忠于人民忠于党，不怕流血不怕死，就能打胜仗。其中，马洪德副团长说："打仗时越是怕死越会死，越是勇敢越立功。"真震撼名言。余时任通信连无线电报话班长，深受教育，深以为然，遂成此首记之。

七律六首　情怀

（1971 年 9 月—1972 年 12 月）

其一

惊逢仙女吴塘门，飘逸清灵笑意盈。
杏眼欢眉情窦启，云鬓角辫爱心萌。
微晕羞色胜千美，款启软音迷众生。
耳热口干神不定，怎邀月老好传声。

其二

比邻豆蔻小娇娘，一见钟情费忖量。
肃穆军规难叩访，青羞闺色不登堂。
惜无青鸟传音信，恨有灵犀织缘网。
深夜辗翻天欲亮，便临天亮亦无方。

其三

卿住西厢我外廊，畅通银线共相商。
频繁联系事圆满，积久相知情渐长。
授受不亲何峻酷，男欢女爱忒沮伤。
何当机智红娘降，好引狂生逾女墙。

其四

二八佳人匆过访，暖风三月携春光。
军人坦荡心波漾，战士无畏手足忙。
倩影倏忽袅婷去，神魂即刻依惜往。
不曾料得相思味，无寐无餐胸鹿狂。

其五

卿我少年亘古常，何当大棒散鸳鸯。
名为深造输培训，实乃批评离教场。
摔打本人心口服，挂擦佳丽形神伤。
今天辞却杨柳岸，寒月冬霜倍凄凉。

其六

喜有佳人千里会，苦无缘份眷成真。
东隅已失须听命，西角欲收徒劳神。
自古多情通一病，今生有意记终身。
得之怎比未得之，存入心房倍惜珍。

注：

以上第 1、2、3 首作于 1971 年 9、10 月间；第 4 首作于 1972 年 10 月；第 5、6 首作于 1972 年 12 月。

七绝二首　收桃观感

（1974 年夏）

其一

绿白相依胭红施，
薄衣丰体挤箩箕。
不知羞色谁赋与，
六月阳光赛美师。

其二

排骨泥人油面巾，
精明无二谑锡民。
蜜桃一品惊还喜，
东道真心好客人。

注：

入夏，部队进驻无锡太湖边开展水上训练，正值水蜜桃上市季节。偶于大浮供销社看到装满所收蜜桃之箩筐、簸箕、竹匾等整齐排列候运，煞是好看。购桃品尝，美味难忘，是有以上二首。窃以为，水蜜桃很大程度上改变了很多人对无锡特产之戏谑情码。

七律三首　下连当兵挂职

（1976 年 3 月）

其一

任职参谋逾五年，今朝接令下三连。
前行榜样将军众，现赋嘉谈百姓间。
上下同心传统久，官兵一致本原坚。
人生锻炼须环复，不忘基层当首先。

其二

清晨狂野午规范，夜训偏推实战时。
兵有六门皆熟练，枪无虚击尤精奇。
摸爬滚打一旬里，水到渠成诸愿抵。
想做好兵须吃苦，军人不是天生之。

其三

初入军营操炮身，战神依傍挺舒心。
方刚胜任装填手，俄而遴膺通信兵。
只认专精居后上，敢言才智靠前臻。
步兵今就堪全面，通道拓宽候好音。

注：

入伍后，先任炮兵，再任通信兵。提任军官后一直于团机关工作，其间，1974 年上半年虽代过通信连连长，但从未于步兵连队当兵、任职。1976 年初，根据上峰安排，下步兵三连当兵一个月、挂职副连长两个月。有感，作以上几首。

将军座谈记

（1976 年 11 月）

伟人远去，河山含悲。
战士情深，举营泪垂。
恍失慈父，心无所持。
当临战备，神必振提。

关键时刻，传统益弥。
彭勃政委，座谈启思。
听取实辞，笑容丝丝。
条分缕析，语言孜孜。

怀念主席，心情可知。
继承遗志，重在举旗。
化悲为力，练铸精师。
战则能胜，斯是主题。

观点平实，角度新奇。
醍醐灌顶，精神振之。
干部带头，付诸实施。
步伐一致，队伍整齐。

军人使命，御侮安居。
保家卫国，矢志不移。
提高武艺，驱除熊罴。
纪念领袖，最佳怀思。

注：

将军指彭勃，时任中国人民解放军陆军某军政委。1976 年 9 月 9 日毛主席逝世后，彭政委深入基层视察、指导工作，到余所在部队，召集干部座谈。事后不久，作此诗记之。

浣溪纱二首　移防方山

（1978 年 5 月）

其一

军令一声又换防，
凌晨集结小山梁，
曙光开拔大风狂。

鱼贯登车枪刺亮，
轮驰快疾旗飞扬，
心随浩荡气高昂。

其二

渐离磨盘思绪翻，
提升战力远花繁，
顽强心志近荆蛮。

军号声声临驻地，
风尘仆仆下车辕，
欲坚战堑记忧患。

注：

1. 磨盘指训练基地。

鹧鸪天　军区通信比武集训

（1978 年 11 月）

令出中堂箭上弦，
军人前面总阴天。
频挑卓越专居上，
苦训精英艺拔尖。

通接力，续单边，
兵分四队各争先。
强中自有强中手，
话务一番花最妍。

注：

南京军区选拔通信兵尖子集训，以备参加全国通信兵大比武。余受命负责话务分队训练。既为精英，功底扎实，遂在总参通信部指导下，探索改两遍报发为一遍报发，取得成功，通信时效接近翻番，成绩卓然。

采桑子　聆三中全会公报

（1979 年 1 月）

中枢伟略音频送，
日日新闻，
今夜佳闻，
路线方针求是遵。

且看经济中心定，
理论归真，
实践成真，
再启人民幸福门。

渔家傲　送别

（1979 年 1 月 31 日）

晨急归营军令重，
憾妻班值辞无空。
老母挈儿蹒步送。
将别拥，
拽衣攀带啼声恸。

邻妇旁观潸泪共，
何真天性何心痛。
硬汉柔肠情丝涌。
匆相哄，
转身疾去兵车动。

注：

因对越备战，家住沪宁线城市军官，往年春节予假一周，今年（1979 年）规定三天。初四早起赶指定地点搭车，太太已先行上班，没能送别，岳母抱陈伟相送。时陈伟方十五个月，在门口弄堂拽余衣角、包带，大声啼哭，不让余走。邻妇数人相看泪眼，皆言："此真天性也！"余顾及时间紧迫，聊作劝哄，疾转而去，不敢回顾。当天到南京营房后作此阕。嗣后数日，备战空前紧张，不及儿女情长。想卫国神圣，军人使命，别妻离子，殊为平常。如此而已！

五律
读《可爱的中国》兼怀方志敏
（1979 年冬）

山河破碎日，
列霸逞凶时。
仰首长呼啸，
投身一搏持。
疆场凭义勇，
囹圄仗谋奇。
华夏真男子，
母亲好壮儿。

思乡醉酒三章章五句

（1982 年 6 月）

1982 年入伍温州兵，家人来队探望，约余一聚，不意大醉。

角营连横镇秣关[①]，
他乡故知宴方山[②]。
菜头虾米鱼干弯，
最是撩心老酒汗[③]，
人生乐事须欢颜。

樽举齐眉敬高堂，
言谈低首叙街坊。
血性男儿情义长，
立志四方根不忘，
天涯万里亦望乡。

小杯温文碗豪放，
酒酣胸张愁亦涨。
挟愁百转形狂浪，
欲效七贤[④]却沉醉，
梦回瓯江最痛畅。

注：

①秣陵乃有两千多年历史之江苏名镇，位于南京市江宁区中部，秦汉以后一直是江南政治、经济、文化中心。因此有“先有秣陵，后有金陵”之说。

②方山乃一座不高之平顶山，系数百万年前两次火山喷发，岩浆凝固形成之山体，位于南京市江宁区内。附近原有方山镇，后与秣陵镇、百家湖合并组成秣陵街道。

③老酒汗乃温州当地著名白酒品牌。

④七贤，即“竹林七贤”，指魏末晋始的嵇康、阮籍、山涛、向秀、刘伶、王戎、阮咸七位名人。

七律　读《离骚》二首

（1985年夏）

其一

名本平原希正则，安天养地赋灵均。
博闻强志丹心远，汲善治邦美政循。
辞令娴熟争利国，措施别出尽忧民。
遵行祖愿名其实，刚直无阿独一人。

注：

《史记·屈原贾生列传》中，司马迁曾评价屈原“博闻强志，明于治乱，娴于辞令”。本诗颔联由此化来。

其二

正气浩然爱国先，胸怀坦荡可呈天。
偏偏屡遇灵修化，謇謇难消庶众牵。
言直流亡讥小巧，心坚溘死效前贤。
何甘清白终无悔，冉冉修名不没湮。

注：

屈原《离骚》有“宁溘死以流亡兮，余不忍为此态也”“伏清白以死直兮，固前圣之所厚”之句。本诗颈联源于此。

七律　会家玉股长感

（1989年5月）

春风驾乘到金陵，
暂搁公勤会挚朋。
相坐旧轩说旧事，
畅饮新酽话新声。
神州何处不乡土，
建邺是君知我情。
数罄茗瓯心益近，
风霜五载并肩行。

注：

汪家玉，部队战友，前任通信股长，曾共事五年。先于本人转业。

七律　马山公开招考感①

（1989 年 6 月）

江山代有新人在，
厚幕重帷脱出孤。
伯乐②珍稀堪恨少，
黄羊③例外更嗟无。
毛公④荐己成盟誓，
冯老⑤索君立窟图。
芳草青茵趋马迹，
公开考录路新殊。

注：

①马山时乃无锡市下属之一个区，于 1989 年举行了面向社会公开招考政府职能部门领导干部活动，活动取得圆满成功。余全程参与了策划并具体组织了实施。

②伯乐，相传为春秋时代秦穆公时人，本名孙阳，字子良，善相马。韩愈《马说》中名句："世有伯乐，然后有千里马。千里马常有，而伯乐不常有。"为大家所熟知。

③黄羊，即祁奚。姬氏，祁姓，名奚，字黄羊。春秋时晋国人。其"外举不避仇，内举不避亲"，被誉为千古美谈。左丘明与孔子由此慨叹："祁奚于是能举善矣。称其仇，不为谄。立其子，不为比。举其偏，不为党。"给祁奚以极高评价。

④毛公，即"毛遂自荐"之毛遂。

⑤冯老，即冯谖。冯谖与孟尝君之间逸事，请见《战国策·齐策》之《冯谖客孟尝君》。

七律二首　登江阴要塞炮台

（1989 年 8 月）

其一

海头江尾屹黄山，
要塞声名胜险关。
俯水瞰船封航道，
居南控北阻飞鸾。
但寻守战垂青史，
应数卫城挫日顽。
锈炮残基今犹在，
无言仍证等非闲。

注：

指 1937 年发生之江阴抗日保卫战，是一场由空军部队、地面部队、要塞炮兵部队和海军舰艇部队共同进行的，持续多日的激烈战斗，亦是抗战期间罕见之陆海空三栖立体作战。此次战役，江阴要塞于护城防卫中发挥了重要作用。最终，击毙日军 5000 余人、伪军 7000 余人，达到牵制日军西进并消耗其兵力之预期目的。

其二

四十年前天怒狂，
雄师百万过长江。
战船虽小劈波浪，
军备堪轻破壁障。
炮阵森严如摆设，
群山罗列不金汤。
应知地利输人和，
谁获民心谁最强。

注：

“刘伯承、邓小平等领导的第二野战军和陈毅、粟裕、谭震林等领导的第三野战军，于一九四九年四月二十日夜起，至二十一日，在西起九江东北的湖口，东至江阴，长达五百余公里的战线上，强渡长江，彻底摧毁了国民党苦心经营了三个半月的长江防线。”《毛泽东选集（合订一卷本）》第 1338 页。此时要塞还是那个要塞，但天险就不是那个天险了。民心威力无敌！

七律二首　无题

（1991 年 10 月）

其一

中犊吴塘曾驻训，
临湖水上练精兵。
天涯遥望当无意，
咫尺相邻自有情。
世故常疑山海誓，
纯真直信老荒盟。
少年非是风流性，
缘汝夺心胜拽旌。

其二

秉法天然随合分，
一分一合本缘真。
合和可期休轻淡，
分离无常亦重珍。
深责塞湮木石路，
痛怜消失鸳鸯茵。
曾经沧海沉浮辈，
祈愿有情眷似神。

五律二首　第二次乔迁

（1992 年 9 月）

其一

弄笔七年间，
无暇顾己安。
不曾邀母至，
唯在共居难。
困窘情惊上，
欢颜事变宽。
孝忠能两美，
争冠念千般。

其二

乔迁诚可喜，
迁后蹙眉频。
旧具充新室，
平民变负民。
融融欢感烈，
沉沉压强真。
但得天伦厚，
身穷志不贫。

七绝　京师临差纪实

（1995 年 11 月—1998 年 1 月）

中组部开展《县（市）党政领导班子及其成员工作实绩考核实施方法》课题研究，无锡乃试点城市之一，研究任务由余具体承担。与此同时，余先后三次被借调至中组部工作。其间点滴感闻以诗记之，选七首。

其一

闹中取静旧楼房，
门简卫单威势藏。
入内方知瑜瑾满，
令行将将部称王。

其二

亦师亦友拜鹏良[①]，
试点欣知有故乡。
慷慨军中听令状，
山头定取报中堂。

其三

整装受引谒尊卿，
丑媳怀羞见舅甥，
谁料侍郎和雅静，
顿消忐忑一身轻。

其四

试点同城共聚商，
荣膺东道自繁忙。
中枢细实新临学，
锡馆精心款就章。

其五

京城苦诣究新衡，
德才修为可见行。
郡伍起发多更准，
导向专攻政绩赢。

其六

文稿一封过七关，
当关将校出科班。
相轻无觅相研盛，
文不惊人誓不还。

其七

一篇策论将经年，
青鸟轻衔上九天。
今日捷音悄告晓，
无人泪下任涟涟。

注：

①鹏良，指时任中组部研究室调研处正、副处长的崔少鹏、吴玉良，乃余借调中组部帮助处理工作时领导。

七律　瞻兴化郑板桥故居

（1996 年冬）

粉墙黛瓦院庭清，
三友青篷迎客亲。
乱石六分铺路巧，
虚心十足画筠真。
常持清醒非庸吏，
难得糊涂为小民。
八怪扬州君乃首，
可钦最是节高纯。

五律三首　第一次住院

（1997 年 8 月）

其一

故人方别去，
微恙突相张。
款搁舒行笔，
轻收才就章。
人皆亲五谷，
疾乃喜忙郎。
不意嗓喑哑，
通知入病房。

其二

有恙今敲定，
难言症状轻。
心中休讳诊，
意外不担惊。
山倒寻常事，
丝抽耐久心。
此生无畏死，
敝体亦当亲。

其三

乐道石三郎，
荣膺工作狂。
坐如磐石稳，
行似疾风翔。
不晓张弛法，
焉书文武章。
而今卧病榻，
休悔休彷徨。

注：

1997年5月初，中组部在无锡召开“地县党政领导班子年轻化进程调查”课题研讨会，会后陪同中组部及部分省委组织部领导于马山纺织疗养院撰写报告，约于5月底6月初完成报告送走领导回到办公室，感觉特别吃力，嗓子嘶哑，且长时间不愈。经检查，确诊为慢性肾炎，随即住院治疗一个月。出院后在家休息，有此三首。

温州行八首

（1997 年 10 月）

1997 年 9 月中旬，国家环境保护局在温州召开全国环保系统实绩考核工作会议，无锡市环保局接到与会通知。作为中组部全国十三个党政领导班子实绩考核工作试点城市之一，中共无锡市委组织部亦被特邀参会。由于实绩考核工作系余牵头负责，虽方出院于家中休息，仍受命与市环保局局长出席会议。会后，游览了温州市国家级风景名胜区雁荡山和楠溪江。一来余虽是温州人，但从未到过上述景区；二来大病初愈，可以轻松观赏，所以兴致勃勃，心情大好。后以近一月时间，撰以下几首。

雪梅香三首　灵峰

其一　惊合掌

奇峰屹，根生大地向青天。
叹钟灵分外，凌空一拜恭虔。
叠甲伟巍比飞将，重云高峻傍真仙。
待登瞰，浪聚群峦，澎湃绵延。

联翩，
忆年少，志历山川，负抱人间。
际遇匆匆，奈何离合难全。
尘事纷繁近天命，念心坚守伴坤乾。
于今意，未尽初衷，快马加鞭。

其二　颂双乳

月东上，迢迢河汉数星明。
伫雕栏庭院，举头仰望空冥。
惊现双乳活灵动，顿消千蟀噪争鸣。
叹观止，饱润融融，垂累盈盈。

迷情，
忘低首，恍母慈怀，欲吮还噙。
疑幼梦中，恣酣蜜汁甘霖。
雅态专功世间绝，妍形丰用上天膺。
潸然泪，大爱无声，肌刻心铭。

其三　吟夫妻

夜深沉，蛩声渐寂暗弥朦。
喜人逢长别，新婚胜意欢融。
远景苍穹水青淡，眼前方寸火红浓。
但只见，坐立依偎，聆诉吻拥。

情钟，
动容在，懒顾娇嗔，护宠难穷。
一夜无眠，漫长却是匆匆。
怒爱今生苦时短，恨偏流水各西东。
东方晓，白璧真情，天地与同。

渔歌子四首　楠溪江

其一　箬溪水

少女新妆嫚袅姿，
缓移平步携旖旎。
披绿绸，展凝脂，
晶莹透澈散珠玑。

其二　小竹排

排竹双层贴水亲，
随流悠荡溅清粼。
艄对唱，客销魂，
衫履尽湿比天真。

其三　狮子岩

草木修森耸鬣刚，
巨岩雄踞欲吞江。
林之长，水称王，
清流避绕敬辟强。

其四　江边摊

古树新台好客摊，
斜篷宽板果丰廉。
青柚亮，紫菱鲜，
红榴少女捧车前。

七律　雁荡游感

翠叠群山惊扑面，
深丰敞谷叹虚怀。
钟灵水秀东南独，
蕴奇峰雄天下魁。
始信游侠文笔绝，
终归雁荡锦屏开。
任君生动绘声色，
难抵身临一睹来。

七律　子南长上班

（1997 年 11 月）

爱子南长差事定，
亦欣亦憾亦惆惘。
寒门出路追贤圣，
热土新觞扰学堂。
有读诗书堪辍断？
无修策论实中伤。
人生坎坷舒新目，
成才有为在自强！

五律　课题专著付印

（1997 年 11 月）

梦好愿成真，专书刻印行。
只缘多妒才，唯憾不署名。
豹过身留影，风吹树有声。
休羁今日缺，待向后天争。

注：

中组部统一协调课题“地县党政领导班子实绩考核工作研究”，由余牵头负责完成，且通过中组部和中共江苏省委组织部验收。其成果由余主笔并统稿，撰成《把注重实绩的原则落到实处》一书，共二十五万余字。付印有感，以诗记之。

临江仙　再游长城

（1997 年冬）

不到长城非好汉，
曾经大雪成行。
西风猎猎壮豪情。
戍装卫国，
仗剑倚天鸣。

再到长城生白发，
惜辞旅伍连营。
巍然不变是军魂。
烽烟无觅，
犹觉杀声腾。

注：

第一次到长城，乃乙丑年（1985 年）初到总参谋部汇报、演练电子键时，当日大雪纷飞。今次到长城，乃丁丑年（1997 年）末到中组部汇报实绩考核课题时，虽冬天，却晴朗。由军队到地方，一纪光阴，倏忽而过，感慨系之。

七律二首　无题

（1998 年 3 月）

其一

民生各有乐徜徉，余独好修习以常[①]。
怒忍微名遭损议，欣从谤口觅新章。
心虽有宿犹漂乱，志但无托亦凄徨。
清白一生成嗜癖，洁身愿效汨罗殇。

其二

妒贤忌才谤言圈。无事生非蜚语源。
小略将行遭突掼，微修正践遇连翻。
风生萍末难追究，木秀林间必摧掀。
细较平公[②]心抑委，仰天大笑出长门。

注：

①屈原《离骚》有名句：民生各有所乐兮，余独好修以为常。首联源之。

②平公，此处对屈原尊称。《史记·屈原贾生列传》：屈原者，名平。

云南行八首

（1998 年 6 月）

1998 年 5 月 22 日至 29 日，参加上海《组织人事报》于云南昆明召开之通联会议。第一次踏上向往已久的“彩云之南”这块绚丽多彩的土地。会后，游览了丽江、大理、西双版纳等地的风景名胜，草成诗词十多首。此处选八首。

七律　谒闻一多墓

虔心万里拜先生，
此处难寻昔日形。
人往车来偏静处，
草青碑素大师坟。
渊博学识播知者，
湛亮明灯引路人。
可贵皆因傲骨在，
士林拔萃一英魂。

赞闻一多

身旁遍黑坑，
头顶悬利刃。
斗士猛志在，
誓言风雷震。
前足出大门，
后足不再进①。
浩然冲天气，
傲然文人信！

注：

①闻一多《最后一次讲演》最后一句话是："我们不怕死，我们有牺牲的精神！我们随时像李先生一样，前脚跨出大门，后脚就不准备再跨进大门！"

七律 访聂耳墓诗一首步田老韵

图振河山历始更，
呕心沥血谱金声。
悲歌星落凝天地，
神曲狂飚起众生。
心上投枪能御侵，
阵前战鼓助攻城。
长征无境休往返，
踏点初衷扫不平。

附：田汉题诗

一击金陵五月更，
故交零落几吞声。
高歌共待惊天地，
小别何其隔死生。
乡国如今沦巨侵，
边疆次第怀长城。
英魂应化汪涛返，
好与吾民诉不平。

七律三首　版纳少女

其一　簪花

南国春恒客友佳，
婀娜傣女爱簪花。
繁苞足取堆青首，
秀发轻梳共彩芽。
雪朵精挑插楚鬓，
金莲款移泛红霞。
群姝但作翩跹舞，
一片花潮悦客家。

其二　著裙

筒裙简洁贴身紧，
下摆修长现体轻。
单色镶边呈素雅，
彩云织遍汇清英。
傣家粗布平常用，
少女风情随意成。
在水一方含笑立，
想煞普毛[①]堪何情！

注：

①普毛为傣族小伙称呼的音译。

其三　梳髻

黑发如波绾秀髻，
长裙步摇倚东风。
分肖[①]文静螺[②]妩媚，
堕马[③]端庄旋[④]巧珑。
弱柳微拂姿影俏。
团花婉静仪容丰。
古来淑女梳妆丽，
傣妹随云[⑤]独喜中。

注：

①②③④⑤皆自古至今女子发髻样式名称。

七绝　蝴蝶泉

蝴蝶泉边绝景孤，
纷飞绚目勾连殊。
泉清树奇今犹昔，
候影群姝添美图。

雪梅香　石林

石林奇，群岩秀立傲苍穹。
看幽深溶洞，平湖疾瀑重重。
状貌新称喀斯特，旧名华夏古书中。
誉声久，内外遐迩，争睹丰容。

吟风，阿诗玛，美丽流传，颂唱靡终。
少幼充闻，幸今梦还寻踪。
境比瑶林爽声色，善追天使净心胸。
南天恋，待写由衷，与报情钟。

石林

求索吟

（1998 年夏）

屈原《离骚》名句："路漫漫其修远兮，吾将上下而求索。"

天地之始状鸿蒙，
盘古开辟机千重，
古来人间追大同。

世上道路多错离，
歧口何去苦迟疑，
赖有前贤指星旗[①]。

屈公效贤先行艰，
无数讥讽阻千般，
唯是心坚折不还。

天恒久远路恒长，
求索上下亦惆怅，
屈心抑志不轻狂。

可喜求索有得时，
可悲君王愚更痴，
但为社稷殚精弥。

要学屈翁风骨清，
不为俗尘忘衷情，
循天求道付生平。

注：

①星旗，星名，一指参旗九星，二指太白金星。

五绝　到工商

（1998 年 9 月）

新膺编篱匠，
久任种花郎。
但得花安放，
不辞心手伤。

注：

从组织部到工商局，从干部选拔任用到监督管理，跨行跨线调动有感。

七律　闻实绩考核专著获一等奖

（1999 年 10 月）

一心两载湎书房，
卅万韦编夺首芳。
音随好风来旧府，
目凝圣卷适新堂。
欢波延漾长江岸，
喜途连穿震泽廊。
有意挑灯通续简，
长安难返徒心伤。

注：

余主笔并统稿之课题专著《把注重实绩的原则落到实处》，获无锡市第五次哲学社会科学优秀成果一等奖。时已调至无锡市工商行政管理局，中共无锡市委组织部同事告知，欣慰之余，赋此一首。

五律　澳门回归感

（1999 年 12 月）

时临新世纪，
七子[①]凯歌飞。
把酒欣然醉，
盈珠恣意挥。
羞痕当洗去，
耻记永休违。
何日收台岛，
中华复盛威。

注：

①七子，指《七子之歌》，是闻一多先生创作的一首组诗。此处特指组诗中的《七子之歌·澳门》。此诗被大型电视纪录片《澳门岁月》改编选作主题曲，在 1999 年 12 月 20 日被选作澳门回归主题曲。是夜，《七子之歌》旋律响彻神州大地，令所有期盼国家统一、民族复兴的中华儿女激情难抑，故余视其为凯歌。

青玉案　访小龙湫不遇

（2000 年 10 月）

凉秋偏遇倾盆雨，
浩淼状，龙惊怒。
赏瀑专程山口堵。
径淌浑泽，涧冲石路，
游客绾裳渡。

跳珠乱点人将去，
疾啸狂斜水成幕。
莫问天帘高几许。
芭蕉低首，丽姝迷目，
望断烟茫处。

注：

离家 32 年，第一次携妻、儿自驾回温州过国庆节。10 月 2 日抵达雁荡山，一上午大雨瓢泼。奈何行程紧凑，午饭后冒雨游览小龙湫，雨大风狂路滑，更兼丰瀑之水随风飘洒、拍打，眼迷颊痛，难以近前。游人皆半途折返，余远观大致，抱憾而归。

青玉案　雨后大龙湫

（2000 年 10 月）

仰观飞瀑高千丈，
恰如似，银河降。
密水宽濂豪恣放，
跳珠狂落，白龙腾亢，
潭静收轰荡。

纤尘不染难名状，
空气清新倍心爽。
欲把仙林瑶境仿，
情珍花木，意倾绿水，
环保毋相忘。

注：

10 月 3 日，天气放晴，阳光灿烂，游览大龙湫。瀑布落差达 190 米，加之昨日大雨，水量丰沛，瀑布特别宽雄、特别迅疾、特别豪放。近看酷似千万条狂怒白龙，从空中争先恐后，猛扑而下，具有高峻之险、粗犷之美、震撼之感。加之雨过天晴，周边密布着高大植物，郁郁葱葱，空气格外清新洁净，顿生赏心悦目之感。

七律　自建房

（2001 年 9 月）

仄室长居度日常，
佳机自建提优房。
非心不足图私下，
实意多盈孝寿堂。
子欲养而亲不待，
心思盼恰事临场。
匆匆动土禀神毕，
常理天伦乐更扬。

风入松　莫干山

（2002 年夏）

其一　竹

蜿蜒小径款凉萦，
修竹遍蒸蒸。
向天十丈粗围腕，
凌空傲，摇曳风生。
堪识奇珍优品，
黄金嵌玉驰名。

徐登峰顶眺青青，
飘逸弄舞兴。
彼伏此起漫山里，
恢宏势，万马奔腾。
长效虚心明节，
一抒壮暮豪情。

其二　剑池

剑池飞瀑历年流，
水火自悠悠。
炉前锻淬恍如旧，
甲和发，血土交糅。
但看身心皆投，
阴阳双剑同收。

人间杀伐恨难休，
何为觅封侯？
雌雄合璧威风显，
霸虽诛，尽恶难求。
夙愿依天行事，
美名莫干长留。

一剪梅　珠江夜泛

（2003 年 9 月）

初上华灯江月明。
彩舫栏凭，秀水唇馨。
纷纭宾客有娉婷。
巧笑翩行，美目含情。

南国群英解语精。
指点繁星，天鹅飞腾。
金风飞顾莫疏聆。
且共新朋，把酒醺醒。

注：

随江苏省工商行政管理局考察团赴粤、闽两地参观、学习。夜游珠江，观景聆经，幸甚。词中天鹅，指驰名中外之广州白天鹅宾馆大楼。

五律　题鼓山喝水岩

（2003 年 9 月）

梵刹庄严地，
传经肃穆时。
水流恒喧哗，
功课苦差池。
神晏一声喝，
青溪半壁移。
忧泾丰不再，
赞静宁于斯？

注：

鼓山位于福州，闽江北岸，距市区 7.5 公里。传闻山上有巨石如鼓，每当风雨大作，便簸荡有声，故名。

鼓山风景名胜众多，喝水岩位于名刹涌泉寺山门以东。相传 900 多年前，涌泉寺祖师神晏于此诵经，嫌洞下涧水喧哗，便大喝一声止住流水。从此涧水改道由东侧半山石壁涌出，溪涧于是干涸。余意宁其喧哗，不使断流。

喝，读音 hè 。

五律　访陈嘉庚故居

（2003 年 9 月）

幼聆父提及，
少学史知其。
海外谋兴业，
九州助抗夷。
华侨旗帜艳，
民族光辉熹。
事迹恭参谒，
精神谨践施。

注：

陈嘉庚先生生前曾被毛主席誉为“华侨旗帜，民族光辉”，本诗颈联两句据此化来。

采桑子　清源雕像

（2003 年 10 月）

目深额满团圆脸。
屈腿安闲，
弹指悠闲，
飘逸长髯舒笑颜。

五千经典包宇宙。
道法天然，
德汇谦然，
学立无为冠众贤。

七律　乔迁自建房

（2003 年 11 月）

金秋十月金风爽，
喜鹊双飞喜事张。
一套楼房平地起，
多年夙愿乘风扬。
从来快乐连辛苦，
总是新颜换旧装。
慎悦从今恒产有，
恒心且树记孟章。

注：

“恒产”一词，见《孟子·滕文公上》。孟子原话是“有恒产者有恒心，无恒产者无恒心”。

五律二首　购得“二十四史”感

（2004 年 9 月）

其一

文明喜浩汤，
长史满沧桑。
幸有书连载，
方能众学藏。
鉴人明得失，
读史料兴亡。
不做当官者，
应为懂史郎。

其二

浩瀚中华史，
纷繁华夏章。
精英归廿卷，
钝才购三箱。
无意充多识，
只求解惘茫。
深研当知晓，
何去何来往。

注:

“二十四史”，中华历朝历代二十四部官方史书的总称。余本自喜欢历史，曾于书上知悉伟大领袖毛主席读“二十四史”并细细批注逸事，亦总想拥有一套“二十四史”。然一则市面上一直没发现心怡之“二十四史”版本，再则购买所需费用不菲，遂迟迟下不了决心。肾移植后，逛无锡市南禅寺书城，于一个摊位发现中华书局出版之“二十四史”精装合订本，繁体竖排，一眼看中。盖购此类书者甚寡，样书落满灰尘。经询书店老板，已无库存，如要可与中华书局定购，优惠价格约 1800 元。即便如此，也超余半月工资。转念想到钱财乃身外之物，适又动了一场大手术，死里逃生，更兼对“二十四史”念想已久，此版既然中意，便无从犹豫，当下预付订金。不几日书到，又大又厚，共 26 册，装了三个箱子，很具品位，越看越喜，遂赋两诗。

对联

贺东方国际轻纺城成立两周年

（2005年11月）

上联：
创业三年　苦酸辣甜俱全　蓝图初展

下联：
筹谋久远　诚信勤智为本　面貌更新

横批：
前程似锦

注：

2005年11月24日，于无锡市东方国际轻纺城员工聚会庆祝集团公司成立两周年大会上即席所撰。

对联

贺无锡市不锈钢型材商会成立

（2005 年 12 月）

上联：

商工商农商服务　创新路人才纷纭

宏图大展

下联：

会客会友会名流　不锈钢俊贤荟萃

行业兴旺

横批：

经营诚信

注：

2005 年 12 月 18 日，出席在无锡锡州宾馆举行之无锡市不锈钢型材商会（即今无锡市不锈钢行业协会）庆典大会，即席所撰。

对联

题东方国际轻纺城年终大会

（2005 年 12 月）

上联：

修城修市场　机制活　思路正

企业日益兴旺　争凌绝顶

下联：

建党建工会　核心强　桥梁新

员工更趋团结　待上高峰

横批：

同心断金

注：

2005 年 12 月 28 日，应邀参加无锡市东方国际轻纺城年终总结大会所撰。其集团公司党支部和工会均在不久前经本人帮助并指导操作后成立。

对联　新年团拜

上联：
历三载沧桑　克险克难
穷且弥坚　金鸡一鸣东方白

下联：
凭众人智慧　求新求远
锲而不舍　瑞犬相吠轻纺红

横批：
远景灿烂

注：

2006年2月5日，寄语东方国际轻纺城新春团拜大会。

七律　有感

（2006 年 4 月）

舶来洋节日愚人，
恶搞无边近沉沦。
宏撰奇闻惊世寰，
微编异趣吊平民。
中华白雪修文戏，
外域巴人演闹真。
我自人愚愚不怕，
愚思广集向诚淳。

注：

余乃中国人，不过洋节日，更反对格调低下之洋节。适才所谓“愚人节”，一些不明就里同胞稀里糊涂跟着凑热闹，颇觉不妥。特以此诗自明并示人。

七律　题兰州黄河母亲雕像

（2006 年 9 月）

长发飘飞姝秀雅，
慈怀广大母端庄。
婀娜奔泻九千里，
丰满润滋百万方。
华夏子孙此发轫，
中华民族同滥觞。
千川万水终难比，
大爱无声天地长。

华清池八韵

（2006 年 10 月）

不爱江山爱美人，
违遵天命恣横行。
一朝得识东风面，
从此厮磨铜雀情。
轻信奸臣谗言勃，
狂宠爱妾懒朝萌。
奢靡国帑修清液，
罔顾军防纵悍兵。
疏问兴亡恒久事，
难逃祸患刹时倾。
马嵬坡下三军闹，
妃子面前九尺狞。
长恨歌抒千古恨，
华清池曝一君盲。
帝王罪责当休讳，
怎对烽灾祸众生？

黄帝手植柏三章章五句

（2006 年 10 月）

黄陵每物皆连根，
一草一木可溯源。
犹是桥山翠柏繁，
浩荡万株逾千载，
始祖手植唯一元。

经历沧桑五千年，
风霜雨雪愈韧坚。
向天高矣接蓝天，
比山壮哉伫青山。
睹柏思祖心敬虔。

唯是轩辕注精诚，
当有上苍输露琼。
岁久远兮自峥嵘，
德深厚兮恒护佑，
冠绝寰球第一名！

满江红　壶口瀑布

（2006 年 10 月）

千里黄河，来天上，奔腾东去。
临壶口，骤然收束，波涛狂怒。
崩浪万寻冲化石，
悬流千丈擂金鼓。
瀑布落，水底冒浓烟，飘寒雾。

涌弹撞，翻滚聚。声动雷，形群虎。
鹭飞鹰难觅，惊鱼无数。
旱地行船今犹记，
百年巨贾依龙舞。
十里槽，收海立山飞，徐行注。

毛泽东旧居

五律三首　延安

（2006 年 10 月）

其一　七大会场

庄严大会场，意义非寻常。
主席明方向，神州迎曙光，
同心投血战，三载凯歌扬。
青史声名远，人民幸福长。

其二　窑洞

九州真马列，窑洞孕发中。
黑夜挑明烛，狂澜树定风。
人民登九鼎，大义胜皇宫。
有幸亲一宿，清心百日功。

其三　红枣

红枣乃佳果，延安美品多。
色红皮细薄，颗大肉醇和。
团条①香居室，狗头②甜颊窝。
货优凭尽尝，人朴客酣酡。

注：

①②：团条，指团枣、条枣；狗头，指狗头枣。均是延安名优枣品。

兰陵王　兵马俑

（2006 年 10 月）

令飞檄，兵拔威风赫赫。
沙场近，军阵壁垒，仗剑挥矛列森戟。
冲锋马蹄疾，当识，长空霹雳。
回望眼，归寂陌头，深夜凝紫有人泣。

殊惊古时术。
看百俑千姿，灵栩生奕。
弓辕骑步思行击。
当始帝开合，项刘争易，
能留刍草世不匹，赖先祖功德。

循律，感伤益。
恨辟强征诛，功建侯觅。
皆凡燹火终民殛。
斥一死荣耀，众生贫瘠。
拳拳心愿，重圣道，止暴厉！

五律二首　月牙泉

（2007 年 9 月）

其一

大漠连戈壁，鸣沙抱独泉。
质清冰冽透，形妙月新悬。
自古鱼星①衍，终年尘暴旋。
沙泉千载共，奇异问苍天。

注：

①鱼星，指月牙泉中所产铁背鱼和七星草，传说一起吃可以长生不老。

其二

月泉曾跑船，今此过飞鸟。
旱酷蒸腾劲，雨微蓄积湮。
开发堪过度，环保亟深研。
最是忧心事，儿孙尚得传?

注：

①资料表明，清朝时月牙泉能跑大船。直至 1960 年前，泉水变化不大，深 9 米，面积 22.5 亩。后由于多种原因，水位急剧下降。2004 年水深 1.3 米，面积 7.8 亩，余今次游览大致如此。导游慨叹不知如何准确介绍月牙泉之深浅大小矣。

七绝二首　莫高窟

（2007 年 9 月）

其一

序编九六九层楼，
弥勒魁形傲九州。
万佛莫高当此首，
不疑登顶共仙游。

注：

敦煌石窟共有 735 个洞窟，最高乃编号为 96 之石窟，里有弥勒佛像高 35.5 米。外建起保护作用之九层楼亦乃莫高窟标志之一。

其二

千年胜迹世间优，
浩劫何多幸残留。
但使玉门①杨柳盛，
不教瑰宝埋沙流。

注：

①玉门指古玉门关，故址在今敦煌市西北小方盘城，距敦煌市区约 90 公里。

七绝二首　骆驼

（2007 年 9 月）

其一

峰驼毛卷眼柔光，
侧卧庞然性静详。
呼哨一声安步起，
沙丘载客看苍茫。

其二

无垠大漠一平舟。
耐旱顶风负重优。
踏蹄悠延行百里，
铃声渺远过千丘。

注：

于敦煌鸣沙山，第一次骑骆驼。驼主为一年迈老汉，曾随驼队赶过远脚，与之交谈，有感作二首。

木兰花慢　天山天池

（2007 年 9 月）

面千顷碧水，映天镜[1]，细波平。
望绕抱群山，草繁木盛，满目葱盈。
惊睛，墨浓砚巨，
借修林万笔画清灵。
仙女款舒倩影[2]，鳄鱼举足悄行[3]。

欣聆，奇幻幽情。
西母宴，穆王盟。[4]
尽遥想遐思，神针定海[5]，降恶安宁。
休争，是佳绝处，
信人神共羡美名馨。
不辞徘徊念恋，妙殊一刻今生。

注：

①天池湖面最大面积近 5 平方公里，最大容水量近 2 亿吨，湖水清澈，似一面巨大明镜，故美名“天镜浮空”。

②指天池“东岸靓女”景点。

③指天池“西岸鳄鱼”景点。

④指西王母与周穆王之爱情故事，西周历史典籍《穆天子传》中有记载。

⑤指天池“定海神针”景点。

汶川地震五首

（2008 年 5 月）

其一　七绝

震魔肆恶冀唐前，
民众遭殃又汶川。
急切悲伤心滴泪，
忧深哀痛身熬煎。

其二　七律

震灾突降痛心牵，
首念同胞曲与全。
恨不胁生双振翼，
羞省体残一悬然。
为因马上弓缘尽，
愿向街边爨釜延。
不息寸心终有用，
令来依旧任搬迁。

其三　七绝

久安非必富家乡，
多难定能兴社邦。
但聚民心同水火，
轻纾浩劫擎天荒。

其四　七绝

抗震党员应奋先，
特殊党费缴三千。
平生首次真情重，
微意实达心里甜。

其五　七绝

汽笛呜咽旗半降，
祭亡举国重音飏。
欣然多难壮行色，
百万旌旗兴国邦。

浪淘沙　茅盾故居

（2008 年 8 月）

面街接南风，
楼秀堂雍。
连庭小院郁葱葱。
气派尽藏儒雅透，
浩卷丰容。

桑梓客思中，
著报恢宏。
是追春蚕忘情浓。
子夜奋书临旭日，
二月花红。

七律　珍珠滩

（2008 年 9 月）

高天水幕巨晶帘，
速降冲坑疾迸联。
溅起珍珠无数点，
滋长草木逾千年。
西游大戏开场片，
九寨风光压轴篇。
懒顾湿衣迷望眼，
久扶栈道赏流连。

注：

珍珠滩瀑布是九寨沟内著名景点，电视剧《西游记》片头中，唐僧师徒牵马涉水镜头，即取景此处。

七律二首　龙游石窟

（2008 年秋）

其一

衢江迤丽凤山雄，
石窟千年迷雾重。
草木掩严藏本体，
清粼排尽露真容。
空间创大千人悦，
独柱擎高百尺凶。
幻图刻墙留械印，
喜惊奇异解无踪。

其二

古来姑蔑民风悍，
从越征吴计巧灵。
辟洞藏兵当可信，
外天争战且姑听。
存疑质奇生机勃，
解奇析疑暮气停。
石窟观瞻增好讶，
童心犹学问天星。

七绝二首　仙叠岩

（2009年2月）

其一

崖高千仞神开就，
岩镇万顷仙叠成。
险逾雄关携巨浪，
鸢飞折翼人回程。

其二

险丽洞头要塞游，
峻雄仙叠海防优。
身虽老残心忧国，
刻待军机跨紫骝。

注：

仙叠岩景区位于浙江省温州市洞头区。洞头原为海岛，属海防前线，现有陆路相连。闻名遐迩之“洞头先锋女子民兵连”，就在洞头。

七绝二首　阳山水蜜桃[1]

（2009 年夏）

其一

薄皮厚肉味甜香，
未尽品尝吮指忙。
饱腹解馋优百果，
不辞千里奉高堂[2]。

其二

体硕形憨阿福妆[3]，
蟠桃亦逊气馨香。
甘甜一品思长享，
直认锡城第二乡。

注：

①阳山水蜜桃，无锡市特产，中国国家地理标志产品。

②每当水蜜桃上市，品尝之际，总思及如此人间美味，应奉老母同享。奈路程千里，托运困难，不得已作罢。今年恰值好友自驾返温，遂急备数箱，拜托代为呈送，了一心愿。

③阿福，即无锡惠山泥人代表作品“大阿福”，根据无锡汉族民间传说创作，系一个被神化之民间健壮孩子可爱形象，取其镇邪、降福立意。

生查子　峨眉山

（2010 年 10 月）

云鬟凝翠妆，天下峨眉秀。
前岁雨倾盆，万佛难登就。

今年胜日无，往事休回首。
金顶瞰江原，潇洒风飘袖。

注：

据导游介绍，峨眉山一年之中约三分之二时间有雨或雾。余 2008 年曾与太太随团游峨眉，遇大雨被阻于万年寺，未能登顶，甚为遗憾。此次再游峨眉，阳光灿烂，凌绝顶，赏云海，瞰江原，实属幸运，了一心愿。

渔歌子二首　峨眉藏酋猴

（2010 年 10 月）

其一

万佛峰高路陡横，
群猴空临客心惊。
争果品，演飞腾，
攀枝跳壁一身轻。

其二

顽劣天生性亦灵，
欲亲还拒紧随行。
盘坐正，打揖诚，
长邻佛界叹成精。

七绝二首　趵突泉

（2011 年 7 月）

其一

平生未见一欢泉，
劲突绵绵意绪坚。
惊奇空翻珠倒注，
舒飘水面彩澜涟。

其二

初惊猛涌形殊绝，
继叹顽喷力卓冠。
大地乳汁输厚爱，
自然泉水得尽欢。

五律　贺友人之子百日

（2011 年 10 月）

赤子沐风长，纯真引笑常。
亲朋相见喜，挚友抱怀香。
语寄高人首，源发贵姓王。
欣欣今日宴，顺顺逐年康。

注：

友人夫妻二人皆姓王。

对联　爱妻60寿宴

（2011年10月30日）

上联

助夫君进取　教爱子有为

秉温良恭俭让之美德　卅五年如一日

真贤妻良母

下联

求阖庭安康　重亲朋敦睦

持正直容勤和之家风　一万天至无穷

确巾帼楷模

横批

蕙质兰心

旅顺口

七律二首　旅顺口

（2013 年 7 月）

其一　军港

三山环围是良湾，
一舰单通呈险关。
狮口轻张吞犯敌，
虎尻款摆扫侵蛮。
绝佳地理兵争疾，
极弱天朝自守艰。
屡被割租恒不弃，
终还甲子尽开颜。

其二　山景

表忠白塔铭羞耻，
鸡冠东堡刻戾狂。
外敌抢侵民浩劫，
恶邻争战国沦丧。
常思积弱伤心透，
倍感图强快意张。
雄起回看凭砥柱，
火汤愿赴任脊梁。

对联　赠江马两位先生

（2012 年 3 月）

上联

遵华夏传统待客如宾

恭敬礼让面面俱全　善始善终接待

真同胞风范

下联

守中华精髓以诚为本

和勤专精时时体现　尽心尽力周旋

是业界标杆

横批

服务楷模

注：

1. 随队台湾游。江乃导游江先生，马即旅游大巴司机小马。

2. 此联三月七日晚作于台湾桃园大酒店，三月八日晨往机场，于旅游车上相赠。

母逝周年祭

（2013 年 12 月）

时光何速兮，荏苒穿梭。
母逝周年兮，含泪悲歌。

去岁今夕哀且痛兮，慈母重疾西往。
感有如天塌地陷兮，觉日月似无光。
憾长离家未尽养兮，便从头亦九悔！
愿一死以延母寿兮，寻森罗之仓皇。

初时母病住院兮，恒自不告余知。
念余罹疾多年兮，弟妹皆与委蛇。
待病魔逞凶突掼兮，母倏然昏迷危急。
恐母子生不相见兮，众情急切管允施。

心惶急狂奔似箭兮，夤夜驱车千里。
见母于重症病房兮，身缚管线网似。
虽慈颜安宁平静兮，奈任余号呼不语。
长太息涕泗横流兮，哀母一生之艰疲。

濒垂危全力施救兮，天经地义。
唯医告老去无救兮，今生难题。
轻言放弃实难想象兮，为子孝心何在？
吾心不死催医抢救兮，医云无能为力！

久踌躇徘徊反复兮，甚忐忑参差。
冀灵光奇迹显现兮，终黄粱梦痴。
万般无奈痛哭兮，迎母回宅。
心如刀割悲泣兮，身魂溃萎。

待回光返照兮，目双闭渗泪。
苦口不能言兮，显忧心累累。
唯次子人木讷形单身常念不安兮，
绕丝丝不散游气。
及平生最喜之外孙女安告承诺兮，
方徐徐长出一息。

终撒手缓缓西去兮，兀牵挂期期。
众子孙匍匐嚎啕兮，听远处隐雷声起。
正冬日忽降大雨淅沥兮，乃鬼魂亦自相泣。
余朗声禀母放心安行兮，恨未聆终教至惜！

念母一生劬劳兮，集中华女性之美德；
终身节俭兮，领和睦持家之真识；
正直助人兮，定安身立命之准则；
教子有方兮，树贤妻良母之范式。

母风范似兰蕙兮，芳香四溢；
母品格如瑾瑜兮，清白人世。
禀母心宽兮，凡后辈遵命循迹；
祝母冥福兮，与尊考阴间乐适。

谨告上苍大地兮，允余心愿：
来世仍为母子兮，容余续报。
谨告尊父慈母兮，恕余不孝；
恒念子孙后代兮，佑引正道。

痛定思痛兮，痛何如哉！
悲甚愈悲兮，悲何能尽！
愿天下为人子者兮，高堂双全！
愿世间为人父母兮，百岁寿晋！

七绝二首　惊马航班机失联

（2014 年 3 月）

其一

璀璨星空传噩讯，
专机顿失没深沉。
亲人翘首揪心碎，
绝处唯祈听好音。

其二

难分骨肉泪沾衾，
东道何为懒搜寻？
得失无如人命重，
君心但愿似我心。

七绝　杨梅

（2014 年夏）

红深紫浅粟霜残，
火齐珠圆玉齿寒。
一啖甘甜皆道好，
谁知妙味在微酸。

鹧鸪天　携童挖笋

（2015 年 4 月）

竹林森森山脚边，
荷锄携镐觅冒尖。
父挖子拾天伦乐，
农授亲教学识添。

腰屈屈，汗涟涟。
几回欲罢复蹒跹。
无多笋实收欢意，
揽得春风舒笑颜。

咏江姐二首

（2015 年 6 月）

其一　五绝

坚心赛孟姜，
毅力过丹娘。
为有横刀笑，
赢得持节芳。

其二　七绝

身薄位弱志漫涵，
面敌非刑意不澹。
卫党护同轻一死，
羞煞重位少卿男。

注：

20 世纪 60 年代，《红岩》风靡全国，余于1963年上初一时读完。对书中江姐、许云峰、成岗、刘思扬等群英人物，印象深刻，十分敬仰。常思去书中故事发生地重庆一览，去渣滓洞、白公馆一游，学习先烈、纪念先烈、缅怀先烈，惜无机会。今次终遂心愿，赋诗记之，共三首，还有一首七绝《游渣滓洞有感》，原一并收入《诗词人生》，不知何故此二首漏刊，此次再予收入。

少卿，指汉武帝时奉命出征匈奴，终兵败投降匈奴之将领李陵，其字少卿。

五绝二首　神女峰

（2015 年 6 月）

其一

细雨裹斜风，
船行雾霭中。
遥峰神女在，
眉蹙意深蒙。

其二

疏洪助禹公，
祈世望民丰。
致敬瑶台女，
丹心化秀峰。

五绝二首　过瞿塘峡

（2015年6月）

其一

夔门天下雄，
驾棹过从容。
与藉[1]轻风送，
争凭胆气冲！

其二

白云飞案顶，
疾浪卷江中。
蓦然惊回首，
轻舟掠万崇。

注：

①藉，今同“借”，凭借，利用的意思。

采桑子　白水洋戏水场

（2015 年夏）

一场清水深山出，
一石河床，
一派银光，
波缓悠悠称白洋。

万人冲浪风情满，
万款衣装，
万仪娇娘，
声笑朗朗疑梦乡。

注：

白水洋系国家 5A 级旅游景区，位于福建省宁德市屏南县双溪镇境内。有三大浅水广场，面积最大之中洋达 4 万平方米，乃世界少有之浅水广场。

七绝二首　郑州二七纪念塔

（2015 年秋）

其一　咏塔

双塔并联今古超，
飞檐琉瓦入云霄。
千城独有究微妙，
工运端发旗始飘。

其二　赞京汉铁路总工会

长辛喜报罢工成，
江岸险环狂澜惊。
便晓凶魔施毒手，
死生度外大旗擎！

五律　和宇翔孙黄山诗

（2015 年 10 月 30 日）

黄山松挺秀，千古誉名流。
玉景奇涛涌，霞翁美句留。
三松迎客厚，四海携情柔。
若得常相伴，节高傲骨修。

附：陈宇翔黄山奇松诗

（2015 年 10 月 28 日）

黄山松奇秀，千古美名流。
玉屏波涛涌，游侠佳句留。
三松陪客走，盛誉民间收。
喜得今朝赏，何日复重游。

蝶恋花　战友到访感

（2015 年 11 月 8 日）

梦绕魂牵军旅昔。
激洒青春，尤记同肩义。
未意深秋风送喜，
璧连文武相携至。

往事兴追浑不羁。
契阔积年，怎把心言毕?
杯酒举时悄泪滴，
无眠一夜熹天际!

注：

部队战友崔夫山、钱介洋，在余任团通信股长时，分别任通信连连长、指导员。自 1985 年转业离别，三十年未通信息未晤面。今次相约携部分通信连战友结伴来无锡，相见甚欢。一夜无眠，遂赋此阕。

十六字令　妈

（2015 年 11 月 12 日）

其一

妈，十月怀胎孕虎娃。

经生死，恩重永无涯。

其二

妈，身弱腰挺苦齐家，

堪劬劳，平静度年华。

其三

妈，引导谆谆向最佳。

明公理，儿女沐朝霞。

注：

宇翔孙学校布置记叙自己妈妈的作文，与余探讨如何写作。过后，余猛然想起再过一月，便是家母逝世三周年，不由悲从心起，思绪起伏，觉得不写点什么不行，想写点什么又难以平静。草成小令，以吐心声。

卜算子　鼓浪屿

（2015 年 12 月 8 日）

浅霭隐仙瑶，
缥缈临虚境。
合璧风情错落间，
人影交花影。

怡旷海天沙，
清静曲幽径。
百年寻梦一画中，
精致兼高冷。

注：

2002 年 9 月赴粤、闽两地考察学习，曾到鼓浪屿，作诗二首颂郑成功。今次携太太重游鼓浪屿，赏景试作此阕。

七律二首　南靖土楼

（2015 年 12 月 10 日）

其一　怀远楼

形圆误认核天门，
声远环球玩笑真。
外视土粗义师①助，
中观精细斯是②淳。
同宗凝聚欣一院，
共族睦宁乐百邻。
经济可行兼艺术，
客家智慧尽奇臻。

注：

①怀远楼进门口反面上悬挂有何应钦的题字金匾“助我义师”，表彰怀远楼简氏家族当年帮助国民革命军解除被漳州军阀张毅所围之困。

②“斯是室”乃怀远楼内“诗礼庭”之主体建筑，名字让人想起刘禹锡《陋室铭》之“斯是陋室，惟吾德馨”。乃长辈议政、小辈课业之处。

其二　和贵楼

沼地拔楼五六层，
墙圬厚泥正方平。
沧桑屹立追三纪，
岁月缓流庇万丁。
风水只求偏独好，
栋梁待出孚群英。
门前旌示尚书第，
和贵名声不胫行。

注：

和贵楼距怀远楼不远，乃沼泽之中起六层楼，系南靖最高土楼，呈长方形。史上家族内曾有人任兵部尚书，故门前有“尚书及第”旌杆旗示。

行香子　云水谣

（2015 年 12 月 11 日）

曲水清粼，
弯道无声。
沐轻风，
移步晶莹。
近花繁锦，
远岭螺青。
值平溪静，
落溪唱，
跳溪迎。

威风列阵，
婆娑翩轻。
耐千年，
风雨侵凌。
八仙飘逸，
鹅路痴邻。
觉修榕秀，
犷榕展，
巨榕擎。

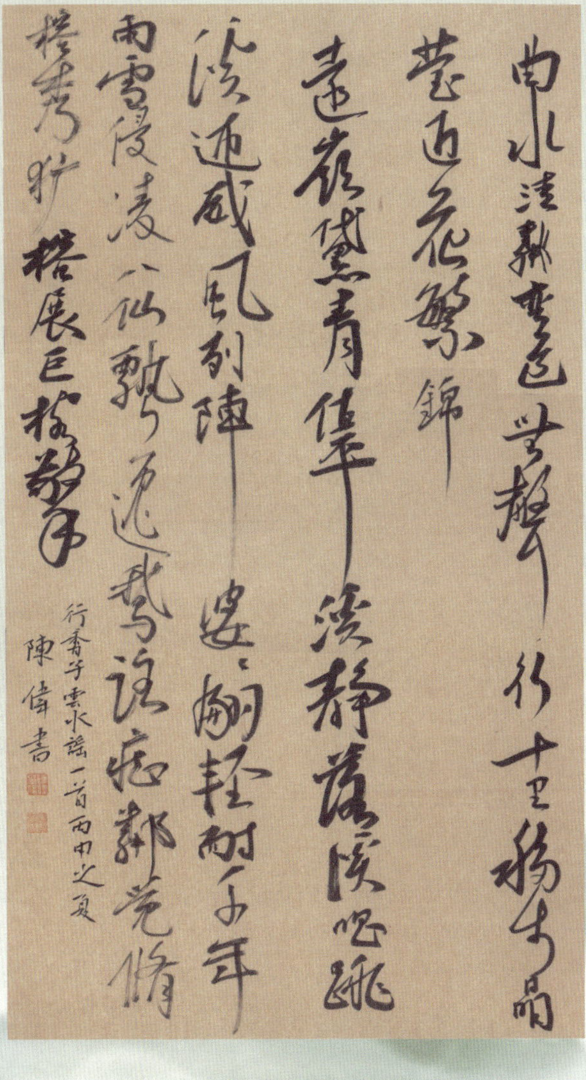
行香子雲水謠一首丙申之夏
陳偉書

临江仙　冬泳

（2015 年冬）

室外寒风凛冽，
池中碧水清灵。
独人舒臂划轻盈。
怡游悠缓疾，
微浪忽兴平。

羞想曾经犹豫，
为忧弱体难胜。
回眸曾对大江赢。
焉能臣岁九，
老骥自超腾。

临江仙二首　忆渡江演习

（2015 年冬）

其一

远望雾蒙南岸，
近观烟笼长江。
武装泅渡演铿锵。
孤舟无浮材，
实弹满背囊。

劈首浪涛飞溅，
拽身流水张狂。
但凭苦练艺高强。
滩头清鹿砦，
山顶战旗扬！

其二

落日含辉西坠，
江流裹浪东往。
跃腾翻卷马无缰。
逐人装列检，
鱼贯握钢枪。

战士水中听令，
悄然奋勇冲江。
游龙登陆驰虎翔。
穿插鏖战急，
曳弹耀星光。

注：

室内冬泳，馆敞人少，水清气温，虽偏冷，却可耐。锻炼如此惬意从容，油然而忆酷暑演习横渡长江。甚苦甚累，磨练极大，心深感之，永难忘怀。特撰之。

青玉案　元旦

（2016 年 1 月 1 日）

又逢元日开新序。
看旧岁，烟尘去。
朔冽搭桥梅放怒。
案头凝视，群书名著，
滋润峥嵘路。

一年复始千机遇。
白首青云志当举。
腹内诸多心愿许。
从容足下，坦然胸户，
浓彩斜阳暮。

采桑子　特殊日

（2016 年 1 月 8 日）

无痕岁月情丝绊。
梦里思量，不了愁肠。
遥寄怀思一炷香。

身归故里心军帐。
醉里拈枪，马上沙场，
回首夕阳无憾伤。

注：

为纪念周总理逝世四十周年（1976 年 1 月 8 日），本人退伍三十周年（1986 年 1 月 8 日）、肾移植成功十二周年（2004 年 1 月 8 日）而作。

声声慢　灞桥忆情

（2016 年 1 月 20 日）

春秋桥首，九路交头，
悠悠灞水细秀。
瑟木深冬时节，胜名寻就。
抬头雾掩霭罩，顿引发，离情纠揉。
岸坝上，草衰黄，何处汉家陵厚？

忆昔前人执手，情已尽，
攀枝泪盈驱骤。
眼顾莽然，不见袅依弱柳。
萧萧北风伴雪，舞翩翩，绕恋眷守。
叹岁月，景去物非怎觅旧。

行香子　观宇翔折纸作品

（2016 年 2 月 18 日）

五彩笺新，瑰丽精灵。
几桌满，鲜活盈庭。
骆驼峰挺，大象鼻倾。
看雀开屏，鸟飞振，蝶欢腾。

一心专意，双手番能。
冀情慰，书外清馨。
中华之梦，幼少当成。
愿童时纯，青时盛，壮时名。

注：

去年底购得《折纸大全》一书，寒假开始让宇翔有空翻翻，丰富寒假生活。谁料一翻不可收拾，连续几天，宇翔对照书本，独自折了许多纸品，形形色色，栩栩如生。余欣喜之余，赋此阕。

卜算子　惠山元宵

（2016 年元宵）

水暖挟轻风，
山翠添新黛。
五里香塍布彩灯，
花海融人海。

万众涌潮来，
古镇欢波载。
劲闹元宵盛世间，
国泰民安泰。

注：

是日下午于无锡惠山古镇，观美景，待赏灯。天未晚而人潮涌，灯待上而彩辉腾；惠山飞青，古镇焕新。情绪尽情发散，氛围深度酿酝。以拙词抒感。

塍：田间的土埂子。“五里香塍”为惠山景点之一。

七绝　步乙未年元宵诗韵

（2016 年元宵）

欢欣鼓舞闹元宵，
灯彩民华试比高。
喜色分明超绚影，
中华国运正腾霄！

附乙未年元宵诗（已收入《诗词人生》）：

七绝 · 元宵忆元宵

小城不夜闹元宵，
姝艳灯华竞比娇。
笑靥盈盈羞彩影，
阑珊期遇喜眉梢。

2015 年 3 月

“龙抬头”三首

（2016年3月10日）

其一　五绝

壶底火飘燎，梳剪摆素绡。
呼孙搬凳至，今日龙冲霄。

其二　五绝

远山轻雨停，妪叟踏新青。
颐养升龙引，年年逞巧灵。

其三　五律

前日春雷震，今朝龙抬身。
百眠皆唤醒，万伏复更新。
野菜田头蹭，爬虫树下伸。
腾凌二月二，充沛好精神。

五律二首　有感

（2016 年 3 月 11 日）

其一

房市叹何汹，无资随雨风。
商家强抱负，吾辈勉开弓。
幽默争淘急，戏嬉搁置空。
无盈兼未住，脱手亦怔忡。

其二

拼死吃螃蟹，免为流落中。
精择磨破嘴，细护累弯躬。
有计留孙用，无由转手空。
频翻反悔意，劝客一溜风。

参观黄桥战役纪念馆二首

（2016年4月）

其一　七绝　步陈毅元帅诗韵

弯弓一箭凯歌回，
赴死千人保土归。
以少胜多凭正义，
江淮十月捷音飞。

附陈毅元帅诗：

与八路军南下部队会师，同志中有十年不见者。

十年征战几人回，
又见同侪并马归。
江淮河汉今谁属，
红旗十月满天飞。

一九四〇年十一月七日

其二　七律　赞黄桥烧饼

打仗古今重给养，
未发兵马筹草粮。
饱餐可逞一时勇，
枵腹难为连续强。
淮海赢局推车助，
黄桥胜点烧饼帮。
细尝满口香酥品，
深谢乡亲情义长！

七绝三首　黄桥战役颂铁军前辈

（2016 年 4 月）

其一

相持抗战历艰难，
东进苏中续跨鞍。
忍对友军墙外阋，
为求御侮胜全盘。

其二

坚持团结打东洋，
难作姑迁反乞降。
中立二李谋略妙，
及锋而试卷平冈。

其三

计筹自卫谋回击，
面弱点强灭韩顽。
是挟英雄豪迈气，
红旗漫卷复河关。

蝶恋花

分别三十年重晤众战友感

（2016 年 4 月 15 日）

三十光阴飞速矣。
一瞬长河，驹隙窥何易。
谁不皱眉怜日去，
是明孔圣伤流逝。

三十时间潺缓矣。
对折人生，两地思悠急。
相见偏教忧夹喜，
怎堪槁鬓兼虚齿！

注：

山东广饶战友刘家富（通信连原排长），转菏泽战友周范学（通信连原副指导员）邀请，前往观赏牡丹。余遂携太太与济南战友刘茂瑜（通信连总机班原班长）等结伴前往。到后与菏泽战友付承东（团原副政委）、李金良（团司令部原同事）、于玉才（同班战友）等相见，分别短已三十年，长则四十五年，感慨万千。

七律二首　大明湖

（2016 年 4 月）

其一

山色空蒙湖色新，
春风和煦徐风平。
千泉水汇烟波往，
八景点开杨柳迎。
桥阁亭楼相映秀，
堂园祠馆竞传情。
惊能倒睹佛山影，
无愧大明第一名。

其二

忠烈稼轩铁铉名，
沧桑历下浩然亭。
纷繁典故标人杰，
荟萃诗文感地灵。
万众齐心追幸福，
一城亲水保安宁。
憾非盛夏当时令，
难效名风饮碧馨。

七律二首　赏曹州牡丹

（2016 年 4 月）

其一

欣然一夜春风醉，
惊喜千畦贵客开。
远看彩潮风涌起，
近观娇朵云推来。
妍颜难持通繁卉，
丽品可追步雪梅。
不媚豪门唯悦众，
牡丹无愧是花魁。

其二

牡丹园里遍芳芬，
不独洛阳佳丽云。
笑谨言轻羞色满，
衣约冠彩貌容新。
相交赏贸风情美，
续接游营诚意淳。
论靓女输花一截，
比纯花逊女三分。

黄河入海口行

（2016 年 4 月）

黄河之水天上来，
婀娜九曲十八徊，
蕴育华夏文明开。

天生柔润万民亲，
偶发汹涌百姓沦，
奔腾到此复舒匀。

初春海口烟波秋，
苍茫雄浑旷难收，
遍看河魂本色留。

落日黄草复黄土，
劲风黄沙扑黄树，
疾车黄尘舞黄宇。

唯是黄水偏不再，
清粼缓波新仪态，
雍容缠绵归大海。

停车竞相奔水去，
掬饮洗面欢笑语，
阵阵甜蜜转嗟嘘。

依依难舍母亲河，
千年不息功几多，
欲留无计徒奈何！

大海浩瀚纳百川，
黄龙入海不复还，
但信涅槃续前缘。

龙之传人生生中，
代有豪杰奋天冲，
不负黄河争圆梦。

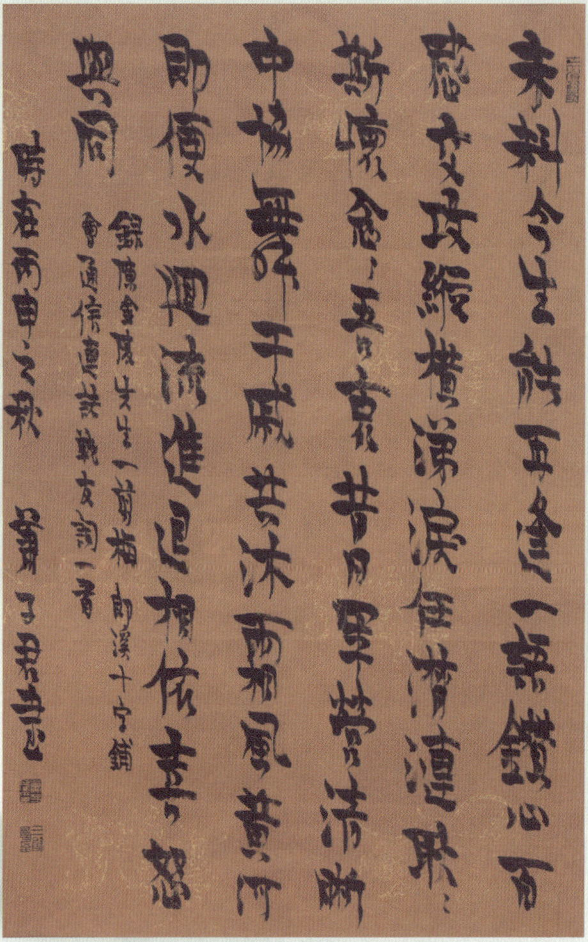

一剪梅

郎溪十字铺会通信连诸战友

（2016 年 5 月 14 日）

未料今生能再逢，
一语钻心，百感交攻。
纵横涕泪任潸涟，
耿耿斯怀，念念吾衷。

昔日军营清晰中，
协舞干戚，共沐霜风。
黄河即便水回流，
进退相依，喜怒与同。

注：

前几日曾有通信连战友云，分别三十年后相逢，指导员钱介洋一句感叹："没想到今生还能再见到你们。"闻之泪欲夺眶。今晚部分通信连战友在十字铺聚会，席间又听钱指导抒发此语，众皆唏嘘。余感战友情义，席后特赋此阕，子时搁笔。

卜算子　锦鲤

（2016 年 5 月）

黑白赤橙黄，
细瘦分毫短。
缸养十年旦夕陪，
盈尺悠游缓。

充氧摆尾争，
投食攒头乱。
人近跟前聚散欢，
灵性通家犬。

注：

2003 年乔迁自建房，适值太太退休。其颇有生活品位、意趣。种花、植树、修盆景，还捉十多条锦鲤，养在院子大水缸里，早晚喂食，定期换水，还养水草、投螺蛳等。十多年下来，锦鲤由三四厘米长，长至约十五厘米，色彩斑斓，煞是好看。余时常观赏、喂食，每当锦鲤踊跃争食，从容悠游乃至偶尔跳出水面，余顿感整个庭院充满生机与活力。

清平乐　龙卷风

（2016年6月24日）

江淮梅档，
龙卷风狂妄。
拔树毁房人受创，
一片苍凉悲壮。

任尔暴虐摧残，
军民腰杆难弯。
奋起整修桑梓，
废墟定展新颜。

注：

苏北盐城龙卷风，谨以此阕蔑天灾，祈平安。

七律三首　柬埔寨雨季

（2016 年 6 月 29 日）

其一

东南雨季可称奇，
恣意天公恶作姿。
方恨当头悬紫外，
转愁统体注淋漓。
初强续猛非凡势，
逾刻持分等闲时。
欲把黄梅相比拟，
娇娘乃彼此顽厮。

其二

急如猛虎落滂沱，
小巷长街刻变河。
挟雷裹风愁绪起，
不停持续意惶多。
飘丝细密女织幕，
鼓点通咚马巡梭。
敬祈上苍平衡妙，
龙行大漠但如何？

其三

尝闻雨季事关天，
诸事疏行战事延。
强者休兵攻势敛，
弱军固阵御防坚。
唯依上志心坦荡，
徒具财情意戚连。
美越侵争前鉴在，
攻防转换刹时间。

注：

游柬埔寨暹粒，恰值雨季，于市内一小饭店午饭后，遇雨被阻约一小时，实地体会了东南亚雨季雨势之威、猛、韧、久。即于饭店草就三首，回下榻之暹粒王子大饭店后改就。

吴哥窟

（2016 年 7 月）

举世闻名吴哥窟，
恢宏悠久梵界无，
一睹千年尘缘殊。

珍珠镶嵌雨林中，
城河宽广护皇宫，
群殿巍峨耸高空。

移步大堤思难尽，
益近古迹心不定，
触摸石柱怀虔敬。

格局伸展庄严廷，
五塔定位梅花形，
昭示宇宙神圣灵。

须弥山陡验心诚，
金刚坛环寓意明，
匍匐手脚往天庭。

浮雕依稀工艺精，
连廊围院地难行，
厚重砂墙棱角平。

不怕岁月布薜荔，
无惧风雨恒磨砺，
最恨兵燹毁瑰丽。

吴哥文明人类共，
沧桑悲喜延续重，
长吟愿作平安诵。

七绝二首　摘蜜桃

（2016年夏）

其一

向阳坡地遍桃林，
浓叶繁枝硕果沉。
纸袋封装无一漏，
颗颗洁净桃农心。

其二

青青枝叶鲜灵果，
灼灼阳光欢乐歌。
采摘须臾通体倦，
方知甜汁苦中磨。

水调歌头　建军节感怀

（2016 年 8 月 1 日）

枪破百重障，旗举古军城。
铁流赤县千里，听党指征程。
恒自扎根民众，常胜军魂铸就，
功绩照汗青。
男儿宿归处，无悔热血呈。

取九鼎，定社稷，卫和平。
睥睨四顾，相问谁敢撄锋行？
冷对南疆波澜，笑待连营召唤，
亮剑紫光凝！
虎貔啸声动，天海复清澄。

不了缘　释书房不了斋

（2016年8月）

天下知识，浩瀚银河。
知之者少，惘之者多。
以有涯搏无涯，终归不知，
是为不了。

人生大志，舍我其谁。
成之者少，过之者多。
持恒心为初心，唯其不忘，
是为不了。

生活世间，天地万物，
奉之者少，受之者多。
怀感恩图报恩，点滴不懈，
是为不了。

终身陪伴，父母妻子。
亲之者少，疏之者多。
念真情叠深情，至死不舍，
是为不了。

喜得通讯录兼忆军营

（2016 年 9 月）

好儿郎，血气刚。
舞弱年，守关防。
唯战友，亲无双。
来四海，聚一堂。
食同锅，住统房。
行齐步，衣整装。
早出操，午校场。
夜枕戈，寒暑常。

谈真心，叙衷肠。
互勉励，学赶帮。
危难事，争担当。
喜庆味，共品尝。
朝夕处，积日长。
情义深，比海洋。
宴有时，役有章。
惜分手，天一方。

叹昔日，音信茫。
不思量，自难忘。
千里眼，失灵光。
顺风耳，声不张。
卅年后，终相望。

鬓已秋，发皆霜。
泪欲滴，湿衣裳。
伤别离，心彷徨。

于是乎，编新章。
通讯录，记端详。
友情系，传统扬。
便通气，捷告商。
寄情思，念昔往。
频交谈，快意狂。
驱烦闷，渡沧桑。
老之至，助健康。

应知海内存知己，
战友萦心房；
但使天涯若比邻，
雁翅随身藏。

注：

为通信兵战友第一次联谊活动（南京）的通讯录作序。

七律　雨中赏月未成

（2016年中秋日）

怡爽秋高八月中，
露台聚赏兴冲冲。
谁知莫蒂风声紧，
期引江南雨意蒙。
皓月归隐夜深沉，
繁星远遁霜渐浓。
金樽欲举难邀影，
无限惆惘闭敞栊。

注：

莫蒂即台风“莫兰蒂”，是2016年菲律宾大气地球物理和天文服务管理局给第14号超强台风起的名号。

七律　忆病中中秋

（2016 年 9 月 15 日）

乍起秋风突折腰，
高烧昏睡数通宵。
梦惊团月清光洒，
苏恍中秋款步摇。
果腹佳肴辞近前，
舒心月饼待迢遥。
病中愁绪思乡甚，
但有寄托助遁消。

注：

1970 年部队于安徽霍邱县城西湖施工，秋，发高烧住院。时湖底流行性“出血热”猖獗，医生不敢轻易退烧，观察两三天后，方才使用青霉素。其间烧得迷迷糊糊，饭汤不咽。退烧后颇感腹饥，医生询问想吃什么，正值中秋将至，病中又尤想家，遂脱口而出想吃月饼，旋即后悔。驻扎湖底，周边荒茫，即便霍邱县城，亦仅两条小街，店铺屈指可数，何来月饼？但医生当时就派给养员到霍邱县城采买，来回步行二十五公里，返回时天色已黑。当吃到月饼时，余顿感有生以来未曾尝过如此美味之月饼，几近落泪。回想起来，多日未进食乃一个原因，更主要的在于对战友深情的感激，在于病中思乡情绪之纾解。今日中秋，几十年过去，难以忘怀，忆作此诗。

七律　痛风感

（2016 年 10 月 8 日）

日觉腕僵运笔难，
夜如针刺梦惊还。
些微转动牵心窦，
轻细挪移咬舌关。
面魔冲击凭志毅，
挺身抵挡倚心顽。
顶级痛感温文燥，
相看临盆尔雅颜。

注：

余深切感受，痛风乃天下第一痛。

一剪梅　重阳

（2016 年 10 月 9 日　重阳日）

瓯越江天碧玉妆，
遍地黄花，一任芬芳。
峰间频传笑声来，
绝代风华，傲世时光。

吴楚湖山绿染霜，
秋雨添凉，雁阵南翔。
人生易老费思量，
东上茅峰，西下斜阳。

五律三首　出书感

（2016 年 10 月 17 日）

其一

家藏临万卷，己著有一书。
散落平常石，镶联比玉珠。
身经多奇彩，目注集优殊。
今日欣欣事，心追廿载初。

其二

卷帙浩繁间，千年文脉延。
穷穷长史里，孑孑新痕添。
休羡古人著，谨修自身篇。
蛛丝今刻现，额庆举壶颠。

其三

睹书思绪远，揽卷墨馨香。
心血倾白纸，拙文化铅章。
疏听人称道，紧警己鞭扬。
敝帚忝初列，当呈登大堂。

注：

拙著《诗词人生》出版，圆二十年前之梦想，了二十年来之心愿，繁思简诗，三首抒意。

一剪梅　方山战友聚会

（2016 年 10 月 22 日）

笑语欢声盈大堂，
人聚八方，话叙关防。
青春岁月忆辉煌，
威武戎装，峥嵘时光。

相看青丝复厚霜，
不尽衷肠，难了忧伤。
此情期候太湖旁，
丹桂新香，秋菊金黄。

注：

中国人民解放军“临汾旅”某团首届通信兵战友联谊会席上作。

七绝一首

夜收紫砂壶有感兼赠祝安

（2016 年 10 月 24 日）

对开世纪分别久，
一会钟山聚晤匆。
单备茗瓯邀叙细，
独约故友到吴中。

注：

方山聚会前，约战友李祝安等会后游无锡。定做紫砂壶，时间紧迫。10 月 23 日联谊结束，24 日夜接紫砂壶。后李等因故未成行。收壶有感。

另：品茗泥瓯深夜到，故人何时“吃茶去”。

临江仙　炳伟印象

（2016 年 11 月 17 日）

少小从军纤似弱，
志强能挽雕弓。
兵头将尾一先锋。
戍行千里远，拔萃角营中。

故里江南添锦绣，
精心都市妆容。
青山绿水寄情浓。
梦思朝夕在，长日看烟虹。

注：

陆炳伟，部队通信兵战友，时任无锡市子宜清洁服务有限公司总经理。

卜算子　赠曲莲

（2016 年 12 月 8 日）

见学鲁淮间，
往事难消渐。
常愧同城访戴疏，
安好天天念。

辗转电波联，
启口亲如面。
唯是文交不忘怀，
白发星星点。

注：

二十五年前，与时任无锡市卫生局党训班主任曲莲女士，同赴徐州参加江苏省党建工作研讨会。嗣后，虽在同城，却再未联系。于今得以重联，有感而作。

五律二首　周有光先生逝世感

（2017 年 1 月 16 日）

其一

识字谁为冠，皆曰吴玉章。
力倾文改路，名获拼音王。
穆穆前贤静，嘈嘈后子狂。
何来半路者，执麈称法长。

其二

若无周有光，赤县尽文盲。
愚者开腔乱，高人灼见扬。
千年文脉在，世纪拼音彰。
当敬君坦荡，生前已却狂。

一七令　家

（2016 年除夕）

家
养豕　植麻
居陋室　饮粗茶
温情弥漫　爱意升华
弟兄同骨肉　姐妹是鲜花
宏图大江南北　雄心海角天涯
每临除夕一心愿　奔拜爹娘共清嘉

注：

除夕阖家欢聚，寄此阕贺亲朋好友团圆美满。

一七令　春

（2017 年元日）

春
开季　首轮
人抖擞　物更新
山青水暖　鸟语花吻
酷寒方似虎　和煦倍如麟
勤劳九州习统　重行华夏魂根
一年妙计从今启　万众同心指日臻

注：

新春元日，一元复始，万象更新。以此阕抒喜悦之情，兼祝亲朋好友新春愉快！

七绝　赠珍珍

（2017 年 2 月 10 日）

图寄寻常留恋意，
人怀别致淡然心。
千般喜爱轻风去，
一片春晖好雨临。

注：

王珍珍，原组织系统同事，时任无锡市教育工委党委副书记。其因工作调动，在微信朋友圈发一图片：一红色小拉杆箱孤独、安静地置于办公室地板上。配两字：转场。与许多干部调动特别是升迁时场面大不相同。余油然触发灵感，遂赋此诗。

七律　重联振宇感

（2017 年 3 月 1 日）

学校无邪演百分，
军营意气驾征尘。
七重苦岁深情隐，
九复阳春旧梦新。
迢递关山难晤面，
通达六合好聆亲。
一方天各临昏夕，
不变初心纯义臻。

注：

2 月 28 日战友厉贵旺转告，李振宇向其打听余，并告知李联系方式。李与余乃温州七中同学，曾一起排演《一百分不算满分》一剧，余饰哥哥大志，其演弟弟小毛。余 1968 年参军后，就再未与其见面。3 月 1 日建立微信联系，通话 15 分钟，百感交集。遂成一首。

读胜利友转科学微文感

（2017 年 3 月 6 日）

其一　七绝

浩瀚银河无界限，
精微自体有边沿？
高低左右皆难了，
生死休究任自然。

其二　五律

察天上古前，究己兀穷年。
肉体疑无解，银河问正玄。
宏微知浅表，上下触边沿。
懵懂星球客，为人亦渺怜。

注：

南京战友张胜利，转微信公众号“瞭望智库”文章《这几张图，可能颠覆你的认知》。读之由宇宙无穷大，知地球之渺小，知人类之不足道，知个人之无所谓。然个人虽宇宙间一微尘，人体之精细却无端，知任何事物虽小而复杂。遂感叹宏观、微观探索之不易及探究成果之贫瘠、道路之漫长，继而引发余思考人生意义……

一剪梅　赠少鹏

（2017 年 3 月 10 日）

吴地深研丹桂香。
初遇阳刚，一袭轻装。
太湖盛会领春光。
再会周郎，满腹华章。

课题当年喜共当。
师友情长，难表衷肠。
怎期廿载化沧桑。
天各一方，不尽思量。

注：

崔少鹏，中组部研究室原处长，余于 1995 年 11 月至 1998 年 1 月间三次借调至中组部工作时之领导。赠此诗时，其任中央编办副主任，机关党委书记。

七律　赠玉良

（2017 年 3 月 10 日）

初谒京师布考量，
再临震泽授中堂。
三生有缘研新道，
六月无暇就要章。
才气超人频侧漏，
情怀报国引高翔。
沧桑廿载恒思念，
秉共初心续远方。

注：

吴玉良，中组部研究室原副处长，余于 1995 年 11 月至 1998 年 1 月间三次借调至中组部工作时之直接领导。赠此诗时，其任中组部部务委员兼全国基层组织建设协调小组办公室主任。

卜算子二阕　植树节

（2017 年 3 月 12 日）

其一

夜雨伴轻风，晨景盈青秀。
相将轻装植树行，好令当时候。

苗嫩漫山坡，树幼及边漏。
洒水修枝复土新，绿浪来年厚。

其二

幼学众生来，一片欢声闹。
抬水扶棵细土培，小手琼林造。

育子百年功，树木十年好。
愿寄人成似树成，干直枝芽茂。

七绝　悼国立

（2017 年 3 月）

国防卫士卅年前，
立正军营一世坚。
走近真心唯战友，
好兵突去痛如煎。

注：

闻江西籍通信兵战友余国立不幸逝世，赋藏头诗一首悼之。痛草于二〇一七年三月廿八下午，修改于深夜。

七律　闻外卖哥深夜护幼忆童时长沙迷路有感

（2017 年 3 月 30 日）

护稚快哥现永嘉，
亲童和叔昔长沙。
更深怀抱怜娇蕾，
雨急伞撑惜嫩花。
老幼及人仪礼雅，
德诚治国内心佳。
民风淳厚五千年，
上古经开脉一家。

注：

媒体报，温州永嘉外卖小哥周瑜，寒夜发现走失之小男孩，暂搁送餐，细心守护，温暖众人之心。此事触及余记忆深处充满暖意之最珍贵角落。回想四五岁时，曾于长沙迷路，滂沱大雨中，受到一位带着五六岁小女孩之圆脸叔叔精心呵护，冒雨沿路找寻余家长无果，后将余交于民警，家人来接，方免生不测。奈时幼小，年月日不晓，长沙街名不知，所有线索都不明了，甚憾对好心人无法回报，特赋此诗。

惊险丁酉清明四首

（2017 年 4 月）

七绝　发病

日间扫墓实伤怀，
夜半揪心痛甚哉。
生死临头筹莫展，
孝心但具弭千灾。

五律　抱病行

抱病行千里，
无常紧绕徊。
冷丁拳击至，
蓦地弹飞来。
举目唯黑雾，
低首有亮环。
丰都知咫尺，
坦荡对阎台。

七绝　急救中心一夜

死神觊觎徘徊里，
一夜惊心辗转间。
拉锯阴阳河界线，
几人复醒几人眠。

七律　抢救观感

太平急救紧相连，
医技凶神对峙严。
缘尽红尘乃遽去，
欲留俗世遂翻煎。
嘈杂闹嚷情真现，
痛喜悲欢剧待编。
早悟人生生死劫，
慨当洒善走生天。

注：

4月1日赴温州扫墓。4月3日晚，与同乡、战友于酒店聚会，虽滴酒未沾，却不料4日深夜2:30突发心脏病，痛闷难忍、揪坠强烈、痛彻心扉。120救护车急送余至温州医学院附属第二医院急救中心。经紧张查验，医告疑冠心病，力主住院。余虑及曾换肾，更不知胸痛之凶险，认为回无锡治疗为好，遂未采纳医生意见，仅取消原定宁波、上海活动计划，直接返回无锡。途中险象环生，一言难尽。4月4日下午3点到无锡，入住无锡市人民医院急救中心，于堪比集市般拥挤、车站般嘈杂环境中，怀难以形容之痛苦病情、心情压抑地度过一昼夜。4月5日下午方住进心血管内科CCU病房（冠心病监护病房），确诊为心肌梗死。医护皆责余胆子太大，竟敢重病跋涉千里。余只得以“初生牛犊不怕虎，门外莽汉不知死”自嘲。经数日治疗，于4月10日下午进行心脏血管造影并安装一枚支架。4月12日出院。真乃惊险清明节，匆匆掠泉台。以上几首分别腹稿于温州医学院附属第二医院和无锡市人民医院急救中心，出院后改定于4月18日。

七绝　赞镇宇

（2017 年 4 月 19 日）

割炙弈棋创毒去，
纶巾谈笑橹樯飞。
输君妙手家常里，
精致修心救命归。

注：

4 月 10 日，无锡市人民医院心血管内科手术室，无锡名医羊镇宇主任为余施行心脏支架手术。其间，与余天南海北，家长里短，不经意间轻松完成手术。余钦其医技医法，手术台上吟就此首，今日改定。

七绝　蜜桃尝鲜感

（2017 年 6 月）

太湖景美比瑶乡，
清冽二泉追露浆。
桃出阳山蟠宴逊，
无锡无处不天堂。

七律　接锦良慰问电感

（2017 年 6 月 19 日）

去岁烟春共赏花，
今年初夏到邻家。
皆曰菏泽牡丹美，
独念甬江询电佳。
战士豪情惊地动，
连营友谊胜天华。
相知敢道无相似，
十载同壕卧冻沙。

注：

李锦良，原司令部同事。前次三连在南京聚会后，付承东带十多人一起来无锡，看望马洪德、田洪仁等老首长，余亦往相见，以为锦良会来（因他与付同乡且交往频繁），可是遗憾没见到。昨接孔明通发来视频，锦良在宁海参加原炮一连战友聚会，在视频上看到他，很亲切！其听孔讲到余身体欠佳，一大早特地由宁海给余来电话问候，余很是感动，赋此一首寄之。

七律　管社荷香

（2017 年 6 月）

山庄僻静突扬名，
万亩荷塘起鹊声。
夺眼红香星缀密，
吸睛绿毯地铺平。
怡然开合秉天赋，
有度卷舒凭自争。
富贵虽难追国色，
纯真恰足动千城。

注：

管社山庄地处无锡太湖、蠡湖、梁溪河交汇处，内有无锡历史上太湖湖湾开发的第一景点万顷堂等众多著名景点。近年，其湖畔种植了数以千亩计之荷花，成为无锡市民新的热门观光点。

七绝三首　邮轮

（2017 年 6 月）

其一

银幕巨轮昔泰坦，
亲观量子①气非凡。
庞然素洁优淞彩，
南极晶莹一冰山。

其二

栉列精房千百间，
餐书健娱俱周全。
廊回径密疑迷路，
水溅声欢现甲板。

其三

博厅接踵现欣容，
北极②摩肩一笑中。
同是天涯览胜客，
似曾相识未曾逢。

注：

①量子，指皇家加勒比国际邮轮的海洋量子号邮轮。

②北极，指量子号邮轮的空中观光塔厅北极星。

一剪梅　闻妞妞录八高寄感

（2017 年 7 月 1 日）

莲碧荷红梅雨频，
春去忧深，庭满愁云。
凌空青鸟最殷勤，
高中轻臻，刹那清新。

少女二八敏又纯，
长日长文，博域博闻。
易安当效比涛真，
身隐繁茵，学冠缤纷。

注：

妞妞，舍妹美玲之外孙女，大名郑涵予，今初中毕业，考取温州第八高级中学，闻讯以词贺之。

清平乐　中星 9A 入轨

（2017 年 7 月 7 日）

纤丝偶断，
大力神迷乱。
浩瀚孤星丢漫漫，
生死揪心月半。

令出直指云端，
职倾兜率巡班。
入列跋行二万，
惊天新页轻翻。

注：

中星 9A 是中国首颗国产广播电视直播卫星。2017 年 6 月 19 日 0 时 11 分，卫星发射过程中火箭三级工作异常，未能进入预定轨道。经过科学技术人员的努力，半个月后于 2017 年 7 月 5 日卫星成功定点预定轨道，创造又一奇迹。闻讯有感而作。

酷热观感十六韵

（2017 年 7 月 26 日深夜）

朝升红太阳，暮缀火霞光。
热浪经天裹，灼风不刻扬。
静禅流脊汗，微动湿薄裳。
触手金皆热，淋身水不凉。

空中鸦疾过，檐下雀深藏。
草泽蛙休唱，林间蝉正飏。
犬鸡长舌吐，花木嫩叶黄。
石板可煎蛋，沥青欲炖汤。

如无溽暑夏，唯有农工商。
工地塔机耸，立交道桥抢。
田间勤灌溉，果苗透芬芳。
网购连全国，餐饮到现场。

人人衣渗水，个个脸凝霜。
举戟边关紧，抽刀血脉张。
情倾中国梦，志在民族强。
华夏金瓯固，挥汗比酒觞。

注：

丁酉年盛夏，酷暑高温逾周及旬，昨无锡气温乃史上少有之41摄氏度。无处不苦于炎烈之中。而余住家门前大型立交施工，周边农户田园精培细作，大润发、家乐福两大超市人气爆棚，一派生机盎然。

水调歌头　纪念建军九十周年朱日和阅兵感

（2017 年 7 月 30 日）

流火建军节，沙场点精兵。
狂飙突起平地，磅礴盖雷霆。
奋斗春秋九秩，转战征程万里，
砥柱固长城。
无敌铁军在，喜欲泪潸倾。

党指引，作风硬，必常赢。
基因红色，魂系民众奉忠精。
世本和平珍爱，偏有魑魅乱舞，
刻备战场行。
单待令出日，漫卷捷书频。

金瓯吟

（2017 年 8 月 29 日）

其一

神州画卷娇，贼虏搅滋刁。
冷眼流痞卒，扬眉弓箭刀。

其二

面敌七旬器，如山不动摇。
身边即底线，岂容移分毫。

其三

西线无影脚，南洋弹演繁。
居中太极手，巧捷克楼兰。

其四

中华定力强，不怒声威扬。
屈寇无争战，和平天路长。

其五

世界未安宁，须防不速兵。
和平建设里，勿忘枕戈行。

七绝　豪女豪餐

（2017 年 9 月 16 日）

食盛缸盆终觉少，
饕餮美女果真多。
一餐廿碗非充腹，
为有殷盈聚欢波。

七律　无题

（2017 年 10 月 2 日）

何曾内急逼疯人，
言谑理明险失真。
八月秋高风怒号，
连天雨骤疾横巡。
走投无路无防线，
游刃有余有要津。
重厄虽能依扁鹊，
平常敝体自当珍。

注：

不明炎症，突发高烧，尿路不通，痛躁欲狂。人云何为最大幸福，乃白天有说有笑，夜间能睡好觉；前者心态好，后者无杂念。余感悟，必得能够随时随地、痛痛快快尿上一泡，说明代谢正常、行动自如。

贺新郎　曾寄梨园阁

（2017 年 10 月 4 日　）

曾寄梨园阁。
共芳菲，本多烂漫，出争萧索。
偏遇疾风伤蓓蕾，
雪萼一时零落。
舒望眼，机追军幕。
快速技臻人拔萃，
憾久长文歇知单薄。
终不忘，古今学。

喜观天下清平乐。
解弓刀，身归故里，夙心重诺。
吏部研深深几许，
绕指强愁无数。
对陌路，文华百度。
废寝忘餐寻珠玑，
更倾复朝暮修新作。
恒兀日，卷欣著。

注：

今日中秋节，此阕为拙著《文论春秋》（卷外卷）代序。

满庭芳 大道顺之行

（2017 年 10 月 4 日）

经济中心，文章偏远，
党建何处争鸣？
凛然根本，忧者比寥星。
多少兴亡大事，
重中重，波澜难惊。
循天职，炎凉通统，
忍可付单轻？

清澄。
经十载，峥嵘实践，
提挈精英。
领吴地风云，两手同升。
茹苦补天一角，慰中慰，
何图虚名！
痴心在，为公天下，
大道顺之行！

注：

今日中秋节，此阕为拙著《文论春秋》（卷外卷）代序。

七绝　无题

（2017 年 10 月 6 日）

君问相知愧未知，
月圆千里抱思时。
何当湖畔同窗会，
一醉疏狂话蔻姿。

注：

前天，中秋月圆。初中同学詹爱萍发来 1966 年同去北京时，七位女同学于天安门前的合影，相问曾记否。时隔半个世纪，从戎后中有四人再未谋面，以致有三人一时认不出，也想不起了，惭愧。不由得感慨光阴易逝，人生易老，以诗抒怀。抱思，即怀念。

桂花四首

（2017 年 10 月 16 日）

其一

初植新株一拃高，
十年转眼接檐腰。
含羞院角风轻舞，
枝不出墙香外飘。

其二

翠叶青盈四季茂，
银花素点三秋娇。
稍输五彩修名著，
独具清香馥质遥。

其三

玉花密簇重重缀，
香气氤氲阵阵馨。
胸旷神怡人欲醉，
回眸不悔注心灵。

其四

一夜秋霖花盛兴，
连天宿雨蕊飘零。
休怜桂子天然事，
长忆馨香满院庭。

注：

敝宅有银桂一棵，系 2003 年乔迁之翌年，太太花 20 元钱从花木市场购得并亲手所植，至今十有四年。从第一天开始，太太便倾注心力培植养护。现桂花树已亭亭玉立，花开多年。每逢花开时节，都给全家带来许多欢乐。且往往桂花盛开之际又正值中秋、国庆佳节之时，更丰富了节日内容，平添了喜庆气氛。花运昭示国运、家运，今年桂花树开花之盛况，为历年之最。为是有感而作。

顽童之考

（2017 年 11 月 18 日）

大考大玩大乐透，
小考小玩小悠游。
十考佳分常八九，
原来不考不自流。

注：

观宇翔学习考试一侧面而戏作。

五绝三首　微信封号感

（2017 年 11 月 22 日）

其一

何拾莫须有，无情落剑锋。
嗟来食不受，傲骨亮尊荣。

其二

本是疏狂客，常思不羁仙。
从容别微信，潇洒拥大千。

其三

心坚辞碎库，意定入经丛。
静读三秋后，新知满腹中。

注：

11 月 16 日，微信提醒，所转之一帖系谣言，需按其要求更正。奈 17 日凌晨至 18 日上午，赴宁看望重病住院亲戚，无暇打开微信，便未按腾讯提醒更正。18 日下午腾讯封杀余微信号。欲沟通又无人工服务，遂以此诗留言腾讯客服。无果。

七律　南京再会家玉股长有感

（2017 年 11 月 24 日）

红酥清水注萌英，
白首童心忆角营。
壶底频空情不尽，
胸中刻泛意微酲。
嗟临曲折人生路，
幸共峥嵘岁月行。
天各一方如咫尺，
朝山夕水有琴筝。

诉衷情　赠家玉股长

（2017 年 11 月 26 日）

驻军虎踞正阳刚，
驰骋练兵忙。
两千日夜相伴，
亦友亦兄长。

思念念，意牵牵，
自难忘。
封侯休觅，情义当珍，
莫负夕阳！

七律　贺小华入党

（2017 年 12 月）

弄潮商海赞精明，
怀志云天誉好人。
逐利皆为增富国，
思齐独善化修身。
领行大道唯中共，
改变河山是万民。
磨剑十年今亮刃，
依遵党令扫荆榛。

注：

马小华，温州同乡，无锡市浙泰不锈钢有限公司总经理，政治上进，在本人帮助和引导下，于 2007 年开始向党组织提出入党申请。十年期间，经历多次考验，矢志不渝，努力进取，近日被吸收为中共预备党员。获此喜讯，撰诗一首贺之。

对联一副

（2017 年 12 月 25 日）

上联

户外人喧车闹　洋节杂踏　西俗乱行

但款掩门扉　独上小楼

淡驱红帽携财老头小利惠

下联

庭中桂馥梅幽　绿茗一杯　沉香三炷

宜轻摊卷册　同挑明烛

狂读褐衫怀玉先圣好诗书

辞旧迎新行

（2018年元旦）

斑斓金鸡挂冠去，
忠勇瑞犬衔印踞，
天地运行又启曙。

一元复始万象新，
千千心愿寄开春，
神州春早人勤真。

中枢讲话[①]蓝图璨，
执政为民民意赞，
万众抖擞撸袖干。

天下归心宏图展，
更上层楼斗志显，
甲稀不辞倚杖践。

风云世界风云乱，
锦绣中华锦绣漫，
愿心拳拳高声唤：

世无争战国安康，
社无灾病稷芬芳，
民无贫匮我心扬！

注：

①讲话指中共中央总书记习近平发表之2018年新年贺词。

一七令　雪

（2018年1月）

雪
晶莹　素洁
漫飞絮　轻撒屑[1]
狂乱飘舞　井然积列
万山裹银装　千流生玉玦
铺毯稚童欢戏　覆被青苗喜悦
焙茗寄感壮心添　煮酒忘寒奇景阅

注：

①典出南北朝刘义庆的《世说新语》。原文为："谢太傅寒雪日内集，与儿女讲论文义。俄而雪骤，公欣然曰：'白雪纷纷何所似？'兄子胡儿曰：'撒盐空中差可拟。'兄女曰：'未若柳絮因风起。'公大笑乐。即公大兄无奕女。左将军王凝之妻也。"

虞美人　蜡梅

（2018 年 1 月）

临冬初醒舒枝窍，
虬干新芽跳。
朔风阵阵理妆容，
羞绽嫩苞、香漫引寻踪。

而今大雪娇姿秀，
一夜花开就。
经寒历冻苦千般，
唤得东风、悄地报春还。

注：

今年始，太太购得一株蜡梅，于院墙角落紧挨桂花种下，精心伺弄。深冬以来，不经意间，蜡梅虬干上慢慢出芽、绽苞、吐蕊、开花，满庭幽香萦绕。前日大雪，满院子白茫茫一片中，唯蜡梅嫩黄、光亮、厚润之花朵格外醒目。梅花真品格，亲闻、亲见、亲历。喜悦、激动交加，挥就此阕。

七绝　贺丽娜添孙

（2018年2月2日）

族内添丁家育英，
瓦璋齐整质优精。
今朝牙语蹒跚步，
转眼栋梁报国成。

注：

1月30日，与无锡工人太湖疗养院周丽娜医生微信聊天，知其近日喜添孙子（原已有孙女），替她高兴，遂边聊天边草就此诗。今日修改并记之。

七绝　庆生

（2018 年 2 月 7 日）

大厅毕掌星华烛，
阖目一时愿万千。
心念布衣家国计，
向天再借五十年。

注：

丁酉年腊月二十二日，愚六十七周岁生日。阖家欢聚，其乐融融。想是事顺愿遂，然超脱自我，亦有许多未了、难了与不了之家国念计。作此诗。

七绝　打油诗二首

（2018 年 2 月 13 日）

其一

过年团拜聚床头，
人各一机玩手游。
奶奶茫然难与语，
应惊应喜还应忧？

其二

手机网络力无穷，
对面长亲似未逢。
若续中华孝道久，
先因微信半年笼。

注：

微信朋友圈中一帖视图：年关将到，在外工作的子女终于回家来了，儿孙辈 6 人围坐（立）于年事已高的奶奶床边，却各自埋首于手机，别无他顾，无一人与老人交谈，床上老人则一脸茫然。有感作以上打油诗。

七律　戊戌元日感

（2018 年 2 月 16 日）

丁酉年华依惜尽，
戊戌岁月款徐临。
光阴迅过穿梭疾，
生活攀升策马骎。
无悔今生奉诚意，
有成去日留好音。
天公赋寿人同等，
必抢分毫贵比金。

回家的路

（2018年2月18日）

我的故乡是温州
面向大海　群山环抱
那是一个美丽
而又曾经遥远的地方

爷爷小的时候
新中国大厦奠基
每到过年
在闽北小县工作的太爷爷
都要乘汽车沿着崎岖的山路
颠簸十多个小时
风尘仆仆　苦不堪言
回家的路
“幸福与痛苦相伴”
太爷爷说

爸爸小的时候
共和国大门初开
长期驻军南京的爷爷
每逢获准探亲
都得坐火车　乘轮船
辗转两天一夜
归心似箭　旅途周折

回家的路
“甜蜜与焦虑交织”
爷爷说

我小的时候
改革开放已有二十六个年头
爸爸多次驾着自备车
全家出动看望太奶奶和亲朋好友
车行高速公路
风驰电掣
朝辞太湖边
晚宿东海滨
真便捷　够吃力
“喜悦与疲累复合”
爸爸说

今天
我已长大
在中国特色社会主义新时期
神州大地
日新月异　面貌巨变
现在出行
陆海空全覆盖
任由选择　说走就走
高铁是我的最爱
快速

颠覆了人们传统的时空概念
直达
摆脱了曲折路程的人为束缚
舒适
创造了旅途感受的崭新模式
宽敞的车厢
惬意的座位
车内　自由活动的天地
音乐　阅读　游戏　小憩
轻松自在
车外　目不暇接的美好风光
蓝天　白云　青山　绿水
心旷神怡
回家路上
痛苦　消除
焦虑　不再
疲累　绝缘
可是　幸福　甜蜜　喜悦
一样不少　更加强烈
回家路上
时间不再廉价
生命无形中悄然延长
感觉不再落寞
生活愈发多彩丰富
故乡
从远隔关山　有家难归

到近在眼前　触手可及

每次高铁列车的启动
都让我感受到祖国前进的
强劲势头
每次踏上温州的土地
都让我领会到故乡发展的
跳动脉搏
感慨
改革开放焕发的魔力
感恩
祖国人民改天换地的伟力
感谢
中国共产党领导的坚强有力

我的故乡是温州
那里美丽依旧
海上明月　山头彩云
只是不再遥远
仿佛就在身边
可以随时拥有

注：

2017 年寒假，宇翔孙有一篇作文内容，是以诗歌形式表达在中国特色社会主义新时期，自己所看到或了解的祖国发展、腾飞的伟大成就。与余商讨时，余从几个不同角度予以了建议，同时也启发了余之写作兴趣和灵感。于是，就以孙子为第一人称，创作了这篇诗作。

卜算子　战友联谊伉俪同行感

（2018 年 2 月 27 日）

比翼鸟双飞，
并蒂莲交首。
缘结戎机五十年，
伉俪多优秀。

年少爱悠悠，
临老情浓厚。
军旅寻梦挽手行，
羡煞神仙友。

注：

温州战友入伍 50 周年联谊活动，于部队曾经驻扎之地无锡举行。18 对夫妇携手同行，此为余参加之战友聚会所不曾有过的景象，印象深刻，感觉深刻，特撰此阕。

七律　访司令部旧址

（2018 年 2 月 28 日深夜）

营门肃穆斑驳现，
围院清幽陆离陈。
不见森墙书令逸，
番生彩阁丽歌新。
奈何细柳中军帐，
充斥咸阳闲散宾。
地是物非树仍在，
松枝摇曳迎故人。

注：

温州战友入伍 50 周年纪念活动，重访无锡王巷营房司令部旧址，见楼房已拆除，地基上重建楼房为招待所。楼房本为营区门面，正对大门，周边道路通畅。现由地方商人承包经营，围成小院，与部队主营区用一墙隔开。原军事指挥中枢戒备森严状貌荡然无存，感慨系之。

七律　雪松

（2018年2月28日深夜）

司令部前立雪松，
常青复翠任秋冬。
形同军士当班列，
神似哨兵警戒重。
相伴七年流水逝，
独生半世盘根丰。
而今吾老君行健，
抚干叙衷涕泗汹。

注：

无锡王巷营房司令部旧址前，诸物皆非，唯原先几棵雪松仍在。余自1970年3月开始于大楼办公，至1976年5月调防离别，与其相伴6个年头。当时，树有一层平房高；现树梢齐五层高楼，且更加苍翠繁茂。咏之。

七绝　战友聚会席上作

（2018 年 3 月 1 日）

独恨流年夺俊姿，
不愁岁月布繁思。
相逢引酒醉山倒，
一日连营一辈痴。

踏莎行　郁金香

（2018 年 3 月 27 日）

怒放花娇，欢挑色艳。
鹅黄金紫红飞焰。
遍铺彩毯醉山林，
梦中仙境游人酽。

盛夏休眠，肃秋蓄敛，
严冬蔓根丁丁点。
当春呼出领风骚，
为经生死悠悠险。

注：

太太同学上传梅园郁金香盛开照片。想 2 月 16 日大年初一去开原寺进香时，郁金香仅是匍匐在地之绿叶头；3 月 8 月国际劳动妇女节陪太太梅园赏梅时，郁金香亦仅一拃之高。今日专程观赏，正值盛开之时，惊艳以至震撼。赋阕抒怀。

卜算子　春发腰伤读“佝偻承蜩”

（2018 年 3 月 28 日）

吾且折腰郎，
其乃佝偻汉。
穿越时空相与怜，
为是同忧患。

承蜩捷敏中，
积步蹒跚远。
疾出与生病后天，
用志通心愿。

注：

军营生涯，曾经腰伤，逢春时有复发。昨日轻捷踏青，今朝窝家踽行。静坐，翻昔日自修之《大学语文》，读《庄子》之“佝偻承蜩”，虽同病相怜，亦再受启迪。作此阕记之。

为战友无锡聚会撰联

（2018 年 4 月 3 日）

上联

四十年　梦追震泽连天浪

下联

一生里　心系茅峰傲日松

横批

情归无锡

注：

为战友将中国人民解放军“临汾旅”某团第二届通信兵战友联谊活动定点无锡而作。部队于1969 年底至 1976 年初驻扎在无锡王巷营房，本次回归，别离倏忽已四十又二载矣！震泽，太湖古称；茅峰，无锡城西名山惠山九峰中最著名三峰之称，有头茅峰、二茅峰、三茅峰。

七绝　邀友

（2018 年 4 月 9 日）

江南三月百花开，
恋故依情群燕来。
物异景新人尚在，
敢请飞莅共徜徊？

注：

战友发起第二届通信兵聚会，定点无锡，今日发出正式通知。余为东道主，秉好客之古风，撰此诗发战友群，抒情谊、表诚意。

七绝　邀祝安战友

（2018 年 4 月 10 日）

相见何难各一方，
佳机巧妙菜花黄。
樊尊九五愚奔七，
把袖叙衷能几场？

注：

樊尊指樊辉将军，他是本人入伍时的团长，后任中国人民解放军陆军某军副军长。离休后住无锡部队干休所。李祝安，余同年入伍战友，安徽池州人，于池州市人大常委会副主任位上退休。分别 45 年，于 2016 年在南京举办的第一届通信兵战友联谊会上相见。今次战友于无锡联谊，特以诗专邀。

七绝二首　忆少时读书

（2018 年 4 月 23 日）

其一

识字零丁好读书，
囫囵难易揽怀诸。
菜园闯进初生犊，
饕餮不辞目觊舒。

其二

欲览群书憾缺书，
求同借友费踌躇。
挑灯一晚翻千页，
只恨归期难缓纾。

注：

4 月 23 日是“世界读书日”。当当网“书香节”上，余选购了一千余元书籍，已存并赠亲友。思及幼时娱乐活动极少，只有读书也唯喜读书，却又因家境贫寒，想读书而没条件买书，要读一本书，甚是不易。为是有感而作二首。

满江红　马克思诞辰200周年

（2018年5月5日）

人类千年，文明史，导师无数。
唯领袖，马翁称首，学馨著馥。
唤醒工农争解放，践行共运消羁梏。
持恒事，引世界通同，擎新烛！

宣言出，神鬼哭。
资本论，环球沐。
正风云跌宕，地翻天覆。
真理驱驰轮转疾，青山遮阻流奔速。
信念在，循大道为民，平生足！

注：

从小沐浴马列主义、毛泽东思想，终身信仰不变。伟人双百诞辰，撰词以表纪念心意。

七绝二首

（2018 年 5 月 21 日）

其一

春风拂舞叶新裁，
群燕南来觅故宅。
物是何堪人渐老，
啁啾慷慨难释怀。

其二

战友分飞今聚首，
校场又见点兵台。
将军年迈前锋老，
犹待誓师再举杯。

注：

中国人民解放军“临汾旅”某团通信兵第二次聚会（无锡），有感而作。将军指中国人民解放军陆军某军原副军长樊辉，时年 93 岁；前锋指原驻扎伊尔（今刚果民主共和国）军事专家组组长马洪德，时年 88 岁。

七律　喜战友会天成

（2018 年 5 月 22 日）

助力八方聚会人，
天公作美抖精神。
风轻云淡览湖景，
雨歇晴还拜佛身。
俄而曲终人散去，
骤然淅沥雨欢频。
意诚顽石头当点，
还逊兵心最挚真。

注：

前、昨两日，无锡聚会，当雨未雨；今日，战友平安到家，不雨却雨。想是聚会，得天助成，为是有感。

书趣十首

4月23日，“世界读书日”，当当网购千余元书籍，有感作二首《忆少时读书》。近日读所购之书，忆有生以来喜书、读书及书缘、书趣，陆续成以下十首。

七绝二首　忆青年读书

（2018年6月5日）

其一

禁读诸书焚焰高，
心中不舍惑难消。
暗生逾墙藏书念，
怎奈睽睽计折夭。

注：

特殊年代时，见焚书不舍，对经余之手暂积而未焚之书，曾屡生私存之念。奈风险太大，未能实施。

其二

一篇孙子翻堪烂，
几页莎翁喜欲狂。
最是凄凉无注目，
甘倾敝箧换缣缃。

注：

入伍后，除读马列经典、毛主席著作外，本人带有一本手抄的《孙子兵法》，也经常翻阅，致其几近散架。1969 年，连队随团司令部驻江苏省委书记楼，一次在废纸堆里发现不到二十张零散发黄书页，细读为外国剧本，因无头无尾，不知书名、作家，看看饶有兴趣，遂小心保存、多次阅读。直至 1982 年第一次借阅莎士比亚全集，方晓乃《奥赛罗》第一、第二幕之部分。缘其中奥赛罗两句话，再熟悉不过了："我的唯一的动机，只是不忍使她失望"，"难圆的是军人的好梦，才合眼又被杀声惊动"。遗憾的是，在多次战备移防中，最终没能把这几页纸书保存下来。余痛感，人如无书可读，没有精神食粮，也会死亡。

七绝二首　忆重开书禁

（2018 年 6 月 6 日）

其一

万籍刊行喜上天，
军营阅览馆藏添。
通关借读长流水，
奢享如仙人世间。

注：

1978 年春，部队由安徽滁县（今滁州）磨盘山移防南京方山，条件明显改善。改革开放后，各方面建设日益走上正轨。1981 年前后，部队开设了图书馆、阅览室，余常找主管之宣传股长裴义洪交流，多借书、长借书，读了不少世界文学名著。感觉此乃余入伍十多年中最惬意时段。

其二

爱书偏遇价虚高，
欲购心仪囊涩凋。
新卷每于枕畔现，
又临半月紧开销。

注：

改革开放后，不是无书可觅、无书可读，而

是一段时间内书价太高。曾记每月工资70余元时（当时部队工资还是稍高于地方的），于南京新华书店购一套四大古典文学名著需20余元，余反复踌躇方下决心买。当时每月伙食费标准在15元左右，而所喜之书定价二三元，余都是咬咬牙关买下。好在营区内不需花什么钱，若有余钱亦用于买书了。

七绝二首　忆购藏图书

（2018 年 6 月 7 日）

其一

万紫千红书市张，
徜徉大海觅精良。
付资不菲收虚赝，
弃用两难实恼伤。

注：

书市兴旺，于喜读者而言，真乃大好事。但很长一段时间内，盗版现象猖獗，花高价买盗版，确令人十分头痛气恼。1996 年，余一次获得稿费 100 元，逛一家书店时，花 98 元购《史记》和《左传》两套书，初看尚可，回家细看无法卒读。弃之不舍，留之无用，平添笑料。后购书均精选卖家，如“二十四史”，便是花 1800 余元由中华书局购得。

其二

军营嗜读不轻狂，
千里转防默购藏。
解甲返乡风裹袖，
充箱册简累街坊。

注：

1986 年初转业，一应手续办理完毕，遂赴各地探望战友。个人物品不多，打包留待部队俟车辆有空时送回。偏偏东西送到那天余尚未返回，邻居们热心帮忙将一应物品搬上六楼，累得不行。因有两个大木箱装满了书籍，实在太重。真难为了邻居！服役于野战部队，一、二、三类物资划分得非常明确，能予携带并允许保留之物品规定得非常严格，许多个人物品，包括书籍，常常多了丢，丢了再买，最终能在频繁的战备移防中，保留并带回近三百本书，回想起来，亦属不易，亦甚得意。

七绝二首　忆相赠书券

（2018 年 6 月 8 日）

其一

会赠一券喜眉梢，
店泡半天辞井器。
薄薄两书精选就，
区区八块百元超。

注：

1987 年 4 月，余论文入选无锡市人才研究会首届年会暨 1987 年第一次理论研讨会。会上给每位论文作者赠送了一张购书券，价值八元。余欣喜异常，去书店购了《中外名人格言》和《秘书学概论》两本书。此事至今印象深刻，书仍在。

其二

相赠佳品数芸香，
腹满诗书正气扬。
果是神交同好读，
绝难折步变圆方。

注：

赠品、纪念品用购书券是文雅行为，朋友交往间授受书券亦乃高雅者，相信“君子之交唯赠书”者，系不会轻易改变原则者，更不会是轻易贪腐堕落者。

七律二首　有感

（2018年6月10日）

其一

书苑花香开烂漫，
静心赏识领风光。
纸书电稿中西著，
繁品精装性价强。
佳运修身奔君子，
漠情埋首比文盲。
愁牵苦读难荣耀，
痛断文明是国殇。

注：

归纳此生读书，经历了“可读书、好读书，已无有书”“禁读书、好读书，社会无书”“倡读书、好读书，书不足”“好读书，书丰富、价高质杂”以及“可读书，有好书、书丰富、性价比高，惜社会氛围不读书”等诸阶段。尤其是当前“只看手机不看书”以及看手机“重玩游戏轻读书”等现象，堪忧！

其二

有力请书有意藏，
本刊满架满厅堂。
无暇窗外零星事，
专致书中圣手章。
最喜昏临翻徐缓，
能修晨照阅紧张。
若非眼疾忧心上，
通读百家现一狂。

注：

1997 年，因慢性肾炎住院，同时，检查发现右眼黄斑区病变，此后看书日益吃力。现书籍不少，不及阅读，非不读也，目力不济也，常怀焦虑之情。唯希望减缓眼疾发展速度，延长阅读寿命，拥有更多看书之幸福、有书之快乐！

天池

七绝　无题

（2018 年 6 月 18 日　端午节）

千古士风天下计，
卌年名学一私荣。
兴亡恨见匹夫懵，
每祭端阳哭屈翁。

注：

媒体日益发达，众说更趋纷纭。天下大事，不少专家、学者并非睿智，往往挟一己之私，实在令人难以恭维；芸芸众生多不明真相，或不屑关心，实在令人担忧。端午节，祭屈公，作此首。

西江月　贸易战

（2018 年 6 月 19 日）

东迎一轮红日，
西收万道霞光。
霸王末路舞癫狂，
乍起临门风浪。

本自军心哀越，
更兼正义弘扬。
纵横智慧蕴柔刚，
笑断濒洋黑掌。

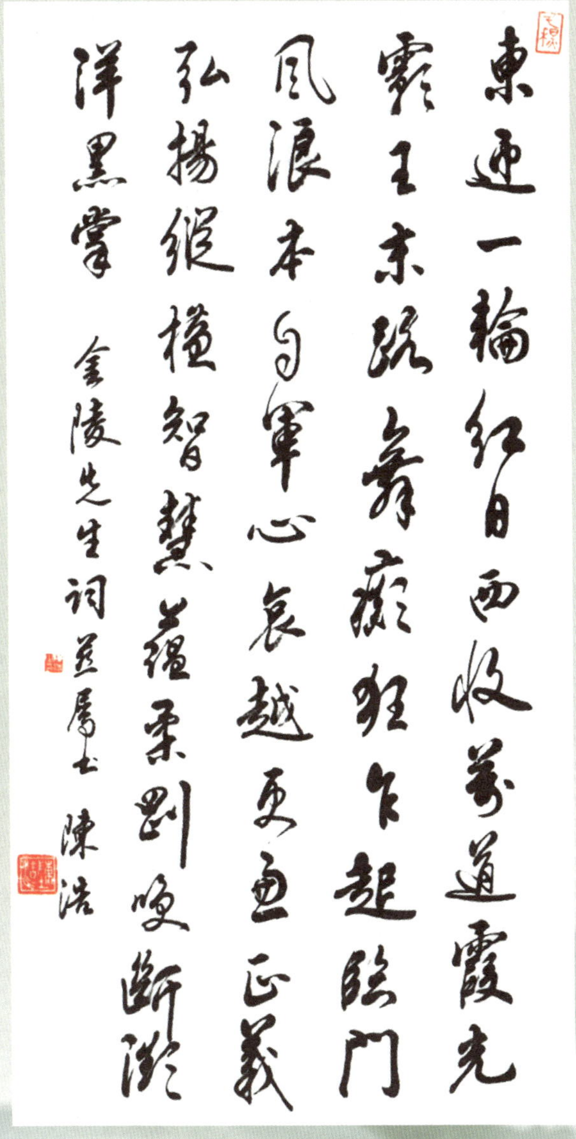

七绝二首　参观鲁迅先生故居

（2018 年 6 月 29 日）

其一

聆观百草稚心纯，
品领书屋三味真。
笔下春秋生动现，
百年流蕴育诚淳。

其二

幼读文章心智启，
今瞻故宅翘思来。
先生不死人如在，
报国何当幸不哀？

七律　访秋瑾故居①

（2018 年 6 月 30 日）

竞雄不必是男身，
英女鉴湖侠士名。②
在享安生轻得失，
难期革命重休成。
苦心破幕同盟立，
毅力循经伴剑鸣。③
一掷头颅十迁柩，④
青山无觅民有声。

注：

①秋瑾，辛亥女杰。祖籍浙江山阴（今浙江绍兴市），出生于福建省云霄县城紫阳书院（七先生祠）。其故居在闽、浙、湘三省有数处。此处指绍兴市城南塔山南麓秋瑾故居。

②竞雄是秋瑾的字，“鉴湖女侠”是秋瑾的别号。

③颈联两句，来自秋瑾好友吴芝瑛相赠之对联“英雄尚毅力，志士多苦心”以及秋瑾诗句“休言女子非英物，夜夜龙泉壁上鸣”。

④秋瑾牺牲后，七十年内迁坟十一次。神州青山无数，却几无葬身之地，令人痛心。最终 1981 年 9 月 5 日，秋瑾新墓于杭州西湖西泠桥南端建成。

七绝　沈园

（2018 年 6 月 30 日）

碧水名园怎赋哀，
葳蕤草木簇亭台。
春波桥隐瑶篇显，
纷沓游人慕赏来。

注：

6 月 29 日绍兴游沈园，步陆游诗韵。

附陆游原诗：

城上斜阳画角哀，
沈园非复旧池台。
伤心桥下春波绿，
曾是惊鸿照影来。

七律　蠡园荷风

（2018 年 7 月 3 日）

小桥曲径团湖路，
扑面千顷素雅莲。
天洒晴光舒菡萏，
风拂碧水卷荷钱。
红香白净淤泥枉，
外直中空璧玉然。
相映佳人娇更艳，
跳珠忽点倍招怜。

注：

蠡园位于无锡市风光秀美的蠡湖之滨，是国家重点名胜区太湖的主要景点之一。相传春秋时越国大夫范蠡携美人西施泛舟于此，湖因人而得名，园因湖而得名。

七律　观采杨梅

（2018 年 7 月）

半坡梅树绿冠圆，
一片斜枝红缀繁。
老妪携笼收硕果，
青姝带雨抢新元。
鲜灵触手增灵秀，
盛郁盈眸了郁烦。
攀干援梯停不住，
交淌汗雨美娇媛。

注：

有马山战友，拥梅林满坡。多次相邀，结伴而往。正梅熟，恰雨至。其母、妻、女携�笼带雨采摘，攀枝登干，仰首弯腰，汗雨交淌，污迹衣裳。雨中盈筐杨梅，视之鲜灵异常，食之美味异常。然美味出于天地赋予，鲜灵来自农妇增色。梅，色艳味美；妇，手巧心灵。有感草之。

西江月　太阳花

（2018 年 7 月 26 日）

星萼细茎匍蔓，
花开花落无声。
萧凉风起残根枯，
窗外三冬寒劲。

春雨夏风淋拂，
盆翻盆注疏听。
欣然光照卷帘高，
惊见青蓬红盛。

注：

越是“低等”生物，其生命力越强。犬子陈伟购得二手房后，原住家有两盆太阳花，置于窗外小晒台，工作忙碌，疏于伺弄，偶尔浇水，任其自生自灭。太阳花却秋枯、冬“死”、春生、夏盛，多年来，年年给人惊喜。且太阳花品种繁多，太太也专门增种了两盆。叹其倔强，感其精彩，赋此阕。

七律　无题

（2018 年 8 月 20 日）

为纾久恙访医娘，
盛暑欢饮心爽凉。
对坐凝眸听细腻，
交谈入腑问端详。
诚如卞氏怀珍荐，
义比尾生抱柱长。
惯领无忧轻疾患，
健康护卫在身旁。

七律　赠建国

（2018 年 9 月 15 日）

楼叹同层封闭紧，
院嗟接号费详寻。
真朋常事常相告，
佳节每临每共斟。
雪夜轻舟访戴兴，
高山流水怀钟琴。
赋闲已久勤看问，
倍感君心知我心。

注：

刘建国，无锡市锡山区工商局原副局长。在职时与其是纪检条线同事，退休后虽分属市、区工商部门管理，但经常联系，常相看望。真是“昔时共哨并肩行，今日同闲守望勤”。感其诚挚友谊，赠诗一首。

满江红　国耻日感思

（2018 年 9 月 18 日）

警报声凄，频勾起，愤思难息。
情不禁，东夷荼毒，耻羞恨忆。
长记脊梁甘砥柱，
敢教民众成坚壁。
持久战，挟大海汪洋，降顽敌。

新时代，征略毕。
曾落后，争朝夕。
必埋头奋斗，振舒飞翼。
为有百年宏图在，
续赓强汉威风立。
匹夫责，热血注初心，恒如一。

五绝　贺松良七秩并共勉

（2018年10月6日）

七十古来稀，
安居尽可祈。
去除繁芜欲，
百岁梦回归。

注：

妻舅刘松良七秩寿宴，平辈年龄相仿者十余人，同举共贺一杯。有感即席赋此诗记之。

七律　再读《可爱的中国》

（2018年10月13日）

姑娘恋爱意真纯，
儿女尊亲情挚诚。
爱国铭心危亦往，
驱夷刻骨痛犹行。
领军方独哀兵顺，
临狱节高挫敌横。
眼下只因邪佞众，
倍钦志敏铁铮铮。

注：

方志敏在《可爱的中国》中深情地写道："一个青年学生的爱国，真有如一个青年姑娘初恋时那样的真纯入迷。"本诗首联源之。

七绝　读《离骚》有感

（2018 年 11 月 2 日）

偭规追曲度周容，
荒论谬文泛滥重。
要学灵翁清白伏，
卓群浊世一青松。

注：

改革开放以来，一些所谓公知、“大 V”，荒论频发，谬文不断。近日读《离骚》，以此诗斥无骨文人，敬伟大的爱国诗人屈原风骨。

七绝二首　有感

（2018 年 11 月 4 日）

其一

每日当班进学堂，
晨昏不忘问安康。
难逢节假登门望，
孝道中华脉久长。

其二

西俗离巢未长成，
中华传统重亲情。
秉公难辞天涯远，
假日殷勤咫尺行。

注：

子陈伟常来电话问候，其公干亦忙，觉不易。又，宇翔孙平日学业紧，周日补习多，家长尽量安排其前来看望。余奈社会虽诸事不得，唯继传统、正家风当行。以诗抒臆。

临江仙　贺式义入党

（2018 年 11 月）

舞弱少年胸襟广，
抱诚守信行商。
经风历浪更阳光。
企兴图报国，
自律重成长。

孜孜十年争入党，
愈多考验弥强。
梦圆今日看芬芳。
初心恒不锈，
本意似坚钢。

注：

张式义，温州同乡。无锡市中泰钢业有限公司总经理，政治上进，与马小华一起，在本人帮助和引导下，于 2007 年开始向党组织提出入党申请。经历多次考验，矢志不渝，努力进取，整整十一年。近日被吸收为中共预备党员。获此喜讯，撰此阕贺之。

五绝　闻金荣添孙女

（2018 年 11 月 28 日）

婵娟移步轻，
娉袅陈家行。
庭满清新气，
人开锦绣程。

注：

金荣弟排行最小，今日添孙女，便兄弟姊妹间孙辈齐矣。寄诗贺之。

七绝二首　有感

（2018 年 12 月 1 日）

其一

千日搜寻无奈何，
堂皇左右顾他她。
含羞答答忸怩相，
尽失担当惹怒多。

其二

惊天案底未公开，
罹难同胞究可哀。
但信真情遮不住，
定教凶残伏绳裁。

注：

2018 年 11 月 30 日，媒体报道，马航 MH370 失踪事件调查组今天正式解散。经历了 1728 天的调查一无所获，马来西亚航空公司对此表示遗憾。听后无言有感，成二首。

七绝　有感

（2018 年 12 月 10 日）

世事纷繁艰履多，
等闲对待莫蹉跎。
有心学得铜豌豆，
不碎弥光笑砺磨。

注：

近日翻《中国十大古典悲剧集》，重读关汉卿剧作《窦娥冤》，并拓展重读关汉卿带自述心志性质之套曲作品《一枝花·不伏老》。其中名句“我是个蒸不烂、煮不熟、捶不匾、炒不爆、响珰珰一粒铜豌豆”，原本熟知，今日重温，印象特深，感触良多，草成此诗。

忆父亲来队六首

（2018 年 12 月）

其一　七绝

从戎十载少省家，
老父倚门望眼花。
为去蓄思长踽至，
刚强男儿泪哗哗！

其二　七绝

恭迎军营受教频，
亲兵敬上前茅臻。
谆谆望子成龙意，
正直倾输立我身。

其三　七绝

一生八九常穷窘，
探儿金陵缓劳奔。
名胜细游诸事记，
认真大度显严尊。

其四　七绝

军营望儿儿初成，
惜别建康又启程。
病体不辞临锡惠，
幼孙必见祈安平。

其五　七律

方欣花甲出行宁，
孰料初行亦绝行。
故院前归安念定，
哀音后获痛心生。
谦和一世周邻睦，
慈蔼终身共事倾。
独对阎君提悲愿，
来生父子仍续情。

其六　七律

四十年前事与人，
深情满满倍怀珍。
慈尊西去时趋远，
在下老来记犹新。
为父当初羞晋级，
支庭今日慨争春。
谨遵教诲儿孙正，
利国修为报考亲。

注：

近日，阅读有关纪念改革开放四十周年的文章，猛然忆及1978年部队驻扎南京方山，家父曾与金荣弟专程前来探望。其乃余从军十载，家父第一次亦最后一次来队。其时，家父身体不好，腰偻半弯，踯躅而行。余陪同父与弟到中山陵等处一游。父亲备有小本子，遇事则记，工整细致。返程时专门于无锡一停，看望孙子陈伟。是年12月22日父亲因病去世。（当天正值党的十一届三中全会结束，《新闻联播》播发会议公报，印象特深。）当时，余过于悲伤，无法提笔作文纪念，深为遗憾。现在忆及，思绪澎湃，特撰诗几首，纪念父逝世四十周年。

沁园春　纪念改革开放四十周年

（2018 年 12 月 22 日）

激荡风云，四十春秋，
大国复兴。
看腾飞经济，攀升实力；
黎民幸福，社稷安平。
邻弱欢颜，远强揖手，
华夏文明独继赓。
观寰宇，领百年巨变，
谁与锋争！

难能我党清醒，
仗群众宏谋远略成。
立中心坚定，根基稳固；
市场导向，体制修更。
特色鲜明，初心不忘，
马列精髓弥益馨。
重装束，又崭新征途，
纵骑休停！

七绝　赠卓群

（2018 年 12 月 28 日）

常持柳刀顽疾消，
初膺领队捷音飘。
河山行摄张张秀，
品正功深才自高。

注：

徐卓群，无锡市人民医院泌尿外科主任，高级专家。2015 年 6 月至 2017 年 6 月，任江苏省第 26 期援桑给巴尔医疗队队长。曾入选第三届无锡市“十大医德标兵”。余 2004 年肾移植手术主刀者。多才艺，擅摄影。

宇翔谒樊辉将军十六韵[①]

（2018年12月30日）

二七学龄童，尊聆鲐背翁。[②]
恭请饭多食，谨奉茶一盅。
翁本老八路，童心大英雄。
举枪挑日寇，持担捉惊弓。[③]
进出三八线，驰骋半岛中。
年高思壮士，体弱志青松。
把手言欢畅，贴心语暖融。
少年强体魄，中国振雄风。
本领须掌握，课堂必用功。
为民胸襟广，报国赤心忠。
话少情深重，托长意由衷。
欣欣来宾客，穆穆现尊崇。
个个声唯诺，满堂音震嗡。
欢凝童稚色，庄重自然红。
伏枥追天马，登高慕远鸿。
中华复兴梦，数代同与攻。

注：

①余在部队时，许多老首长都经历过战争年代，如老团长樊辉副军长等。他们身上有许多惊心动魄的战斗故事，平时经常与家人讲起，此乃最佳之传统教育。更可喜的是，宇翔孙对此很感兴趣。今次新年将至，特邀老首长一叙，并携全

家参加。宇翔第一次拜见樊副军长，场面感人，记之十六韵。

②樊辉将军时年九十三岁。

③此乃樊辉将军一则逸事。解放战争中我军攻打临汾时，一次他组织后勤人员给前线作战部队送饭，发现一股敌军从城内溜出，沿着沟渠匆忙逃窜。此时，去喊部队已来不及，情急之下他放下锣锅担子，提着扁担，跑到溃敌逃跑路口，当头一站，大喝一声："不许动！往哪里逃！缴枪不杀！"慌忙逃窜之敌，一是惊弓之鸟，本就风声鹤唳，草木皆兵，惶恐不已；二是根本不知当时情况，不清楚到底有多少战士包围了他们；三是樊辉当时又是如此勇猛威武，一声断喝似晴天霹雳，吓得他们胆裂魂飞，所以乖乖缴枪投降。樊辉一下子就俘获了十多名敌军。

七律　题江南三曲

（2018 年 12 月 31 日）

探索艰辛路漫修，
豁然觉醒狂澜收。
百年华夏复兴梦，
一统神州改革求。
解甲金陵难落拓，
弄潮震泽亦风流。
弯弓未毕身趋老，
但奉初心不言愁。

定风波　江南三曲

（2018 年 12 月 31 日）

改革开放四十年，回顾个人重要生活层面，有三大转折：由军队到地方，由军事到党建，由在任到退休。特撰《江南三曲》，以志纪念。

其一　别军营

刻备南驱正演兵，
缘何令下离军营。
难老金陵心已碎，狂醉，
莫谈前景叙悲情。

改革风云频激荡，擦掌，
蓬勃万业运机灵。
前望众多施武处，欢遇，
士兵突击又登程。

其二　事党建

缘定锡城第二乡，
跃施才干揽芬芳。
谁料偏师归保障，惆怅，
中心游离怎铿锵。

当信有成凭毅力，磨砺，
懒分主次重精良。
情聚十年文武戏，丰绩，
举旗关键小辉煌。

其三　归陋宅
多彩人生四十年，
艰难险阻正无前。
不耐时光归离退，无悔，
且思多卷慰心间。

虽是残躯胸胆壮，豪放，
夕阳前照遍青山。
回顾向来风雨路，张弩，
续行不止折腾欢。

江阴要塞旧址（1989年夏）

江阴要塞旧址（1989年夏）

长城（1997年冬）

蝴蝶泉（1998年夏）

石林（1998年夏）

西安城楼（2006年10月）

莫干山剑池（2002年夏）

厦门集美陈嘉庚故居（2003年9月）

泉州清源山老子雕像（2003年10月）

黄陵轩辕庙（2006年10月）

西安华清池（2006年10月）

天山天池（2007年9月）

乌镇茅盾故居（2008年8月）

丹东中朝边境鸭绿江大桥（2010年6月）

济南趵突泉（2011年7月）

皇家加勒比国际邮轮海洋量子号（2017年6月）

绍兴沈园（2018年6月）

后　记

《诗词人生》续集《吟情韵志》，终按计划于2018年最后一天选编完成并送审，近日获悉初审通过。提笔写下此段文字之时，窗外万籁俱寂，唯寒风阵啸；室内数灯同张，有暖气悠漫。睹今思远，不免联想古人寒窗之苦，亦自然深感吾侪学境之优。因此，在心中隐隐然滋生一股超然、愉悦之感同时，又新增紧警、自策之心。

回忆出版《诗词人生》，之前本人很长一段时间处于有打算而无计划状态，而从有想法到付诸行动又缺乏自信，加上肾移植后性格大变，由习惯雷厉风行到喜欢踌躇拖延，但凡稍有难度之事往往迟迟难以落实到位。若非一些亲友极力“撺掇”和“怂恿”，《诗词人生》可能至今仍处于酝酿之中。而着手出版之时，因对散落之诗词作品尚未整理完毕，共有多少首，经筛选后合适的会有多少首，能通过审核并准以出版的又有多少首，最终数量上能否足以独立成集，等等，心中亦不十分托底。且又为着赶上 2016 年 10 月团通信兵战友第一届联谊活动这个时间节点，指导思想上乃尽快选择凑齐出版一本诗集之数量即可，并无全盘考量。故而作品收集上，没有“翻箱倒柜”，只是大致搜罗；选用上，除去一定时期许多带有“标语口号式”之作品外，基本收入；修改上，只动标点，未改原意；编排上，依据时间，简单顺列；等等。如今回头看，尽管许多友人尤其出版、印刷部门给予了很多真灼建议与实在帮助，但仍因本人之故使得《诗词人生》的出版存在些许缺憾。转而思之，诗集在以诗词形式记录、反映个人生平方面之真实性和连贯性让人欣慰；平时以诗词不经意间记录下人生足迹，且于一定程度、一定层面上反映出当时社会状况，想来亦是颇有所值。但客观而言，当时绝无出版续集之想法。

而嗣后打算并决定出版续集《吟情韵志》，主要出于以下几点考虑：

——严格而言，《诗词人生》乃本人独立出版之第一部著作。诗词集出版后得到许多亲朋好友肯定与鼓励，给本人继续为诗行文乃至著书出版以前所未有之动力，使本人激增通过出版规范之著、从更多角度记录自己最真实一面并展示给众人之愿心及信心，以更好总结品味人生、回报大家关爱。

——在《诗词人生》出版后八个月（2017年5月），本人十年党建文集《文论春秋》（1987—1998）出版。其念萌于1997年，其动始于2015年，其书成于两年之间。此进一步给本人以著书出版信心同时，也予本人启发：原先迟迟没能出版，个人原因主要在于有料少时无精力。而今身体精力尚可，时间较为宽裕，做好多年想做而未做之文字成果总结工作，条件允许，理应上手，且宜一鼓作气，不可犹豫磋砣。

——《诗词人生》送审待出版期间，再次用心整理诗词作品，未料尚有八十余首之多，加上原先整理出而暂未选入《诗词人生》之诗词，小计一百三十余首；自阅自审其中大部分无不妥之处，应力争发表，否则岂非徒增憾意。加之2017年新作诗词七十余首，于出版一部诗词集而言，其作品之数量条件或曰基础条件已初步具备。遂于2017年底正式决定申报出版《诗词人生》续集。

当然，出版续集，内心亦有“不得已”之动机，即在年岁渐长、暮气日重、惰性显增而创作益艰之际，通过确立这一目标，逼迫和督促自己保持动笔行文习惯，将喜诗、写诗之爱好自觉坚持下去。不求高产，但求常有；不以炫人，但以修身；不为扬名，但为留痕；使之名副其实成为伴随并贯穿本人生平之一课。

《吟情韵志》收入诗词共三百余首，分为三大部分：一、部队期间诗词作品补录；二、截至 2015 年 9 月 3 日抗战胜利七十周年大阅兵，已整理而未收入《诗词人生》之作品；三、《诗词人生》出版后，2016 年 9 月至 2018 年底之作品。作品编排，仍采取依创作时间先后为序之方法，一则与前集保持风格上的一致，二则阅读或搜索有着最简便之顺序可循。

依照常理，续集所收作品之创作时间，应是接续前集作品创作时间之后。即便有漏收或虽收而未入之创作时间在前作品，应是少数，宜附录在后而不影响正常编排。但因为《吟情韵志》前两部分诗作数量较多，占全集三分之一强，也就只能将其编排靠前而不附录在后。于是，如将《诗词人生》《吟情韵志》两集结合起来看，编排上则出现一种交错、无序之感。其主要原因，在于本人对诗作出版确实没有通盘考虑和设想；进一步亦表明，对续集出版，尽管本人似乎言之有理，但仍不免其中显现之临时起意及仓促上阵色彩；更说明本人对编审出版事宜属基本无知，相关准备工作及实施事宜有失周严。

《诗词人生》《吟情韵志》出版，仍未能收齐本人迄今为止全部诗作。除历史原因有部分“标语口号式”诗作自然不收外，军旅颠簸也使得仍有一些诗作尚未找到，以及篇幅所限一些诗作暂未能收入，心中不免有一丝遗憾。

筹备诗集出版，自当投入精力。太太刘梅娟担心本人多病之身，屡次劝阻“收手”，要求续集出版后不再独沉湎案头而应广泛发展兴趣，尤其不再考虑著书事宜，以利健康。而一些好友知悉本人诗作续集将出，笑问：“既有续集，可有再续？”窃思今后是否继续著书并争取出版，当在两可之间，须视具体情况、具体条件而定。然生命不息，诗情不灭，笔耕不辍，创作不止，则是必定而无疑问。借此机会自勉之！

感谢上海市海天书画院常务副院长刘伯华先生倾情泼墨为诗集题写书名。

感谢通信兵战友周立平、陆炳伟始终如一之鼓励支持和具体帮助。

感谢同乡兼好友马小华、张式义先生。他们矢志不渝追求政治进步、十年如一日经受考验加入党组织，始于本人引导，终亦反激本人抱病诗文，《吟情韵志》得以结集。

衷心感谢严金海先生与古吴轩出版社多年

之专业支持，《吟情韵志》得以问世。

衷心感谢老领导陈浩副市长为诗作题写字幅，《吟情韵志》品位因之提升。

特别感谢樊辉将军，于九十三岁高龄为本诗集作序，犹显“虎老威风在”之壮士气概，拙著因此生辉！其乃本人入伍时老团长，三年前余邀其为《诗词人生》作序时，恰因其偶有不适住院治疗而罢。今次终遂心愿，实为可遇而不可求！

三年前，《诗词人生》出版，余曾赋五律三首抒感（均已收入《吟情韵志》），附展如下：

其一

家藏临万卷，己著有一书。
散落平常石，镶联比玉珠。
身经多奇彩，目注集优殊。
今日欣欣事，心追廿载初。

其二

卷帙浩繁间，千年文脉延。
穷穷长史里，孑孑新痕添。
休羡古人著，谨修自身篇。
蛛丝今刻现，额庆举壶颠。

其三

睹书思绪远，揽卷墨馨香。
心血倾白纸，拙文化铅章。
疏听人称道，紧警己鞭扬。

敝帚忝初列，当呈登大堂。

今次，《吟情韵志》将发，再作七律一首抒怀并为己鼓气：

丙申首版疑清梦，丁酉再刊正凌风。
最是难甘郎才尽，唯求好取相文雄。
能精百尺高尖竿，必化三番绝顶功。
现有诗书托夙志，须追青史叙由衷。

陈金陵

农历戊戌年腊月廿二于梁溪凤翔不了斋